周作人著作

欧洲文学史

钟叔河——编订

岳麓书社·长沙

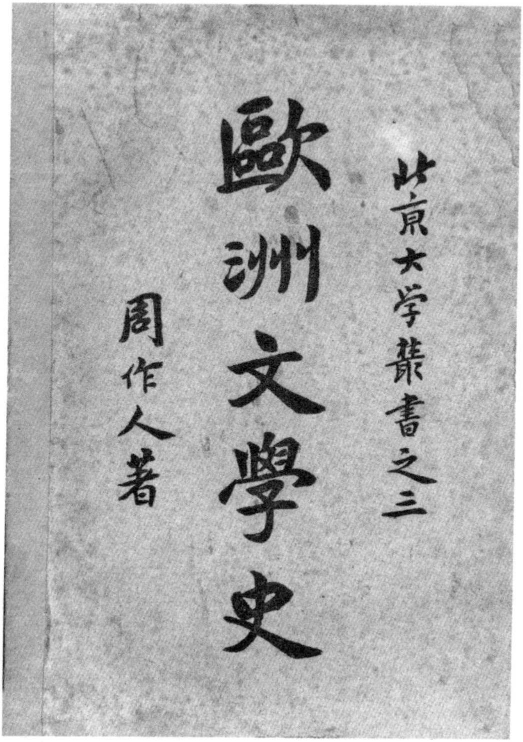

商务本《欧洲文学史》

编者的话

钟叔河

一九八七年一月七日《光明日报》上，岳麓书社刊出了我拟稿的一帧广告（左图），宣布了书社和我对重印周作人著作的观点：

“人归人，文归文。周作人其人的是非功过是另一问题，其书的主要内容是对传统文化和国民性进行反思，对中国—西方和中国—日本的文化历史进行比较研究，今之读者却不可不读。……”

随即便开始出书。既出周作人著作的单行本，也出精装合订本。两年之间，出了二十四种。

书当然不是想出便能出的，得按规矩，走程序。周家授权了，报告批复了，宋木文、杨牧之、伍杰各位领导都当面或来信表示应允和支持了，便能够出了。

出就得出好。当时强调了两条：（一）因为均系据旧本重印，所以一定要认真校订，尽力改正旧本误植失校的错误；（二）因为手稿不存，无法对勘，所以一定要详出校记，改动处一概保留原文，承担责任。

这两条，读者看来大都是认可的。直到如今，在旧书网上，八十年代“岳麓版”的周作人著作，始终都卖得不错。

现在，岳麓书社决定又来重版周作人著作，仍然要我负责编订，做法则一仍其旧。还是这些书，还是这两条，新的广告也就不必再做了。

鄢琨君三十年前和我同编了这些书，此次仍然合作，所有案头工作都是他做，各书重版说明也多是他写的。校记原列表在书末，如今改作尾注。鄢君新增校改之处，标出“鄢校”，特此说明，并志感谢。

二〇一八年五月十五日于长沙。

重版说明

《欧洲文学史》，一九一八年十月商务印书馆初版，为《北京大学丛书》之三，分作“希腊”“罗马”“中古与文艺复兴及十七十八世纪”三卷，共三十五章。

一九一七年九月，周作人受聘为北京大学文科教授，教授欧洲文学史，为预备讲义，“在白天里把草稿起好，到晚上等鲁迅修正字句之后，第二天再来誊正……交到学校里油印备用”（《知堂回想录》）。一年后，上海商务印书馆要出一套大学的教本，周作人遂将讲义整理成书，交其出版。

据周作人后来所说，他原来“也把编好了的十九世纪文学史整理好，预备加进去，可是拿到他们专家审订的意见来一看，我就只好敬谢不敏了。因为他说书中年月有误，那可能是由于我所根据的和他的权威不合，但是主张著作名称悉应改用英文，这种英语正统的看法在那些绅士学者的社会虽是当然，但与原书的主旨正是相反，所以在绅士丛书中间只得少陪了”（同上）。

本社一九八九年六月据商务本校订印行，此次即据该本加校重版。

目 录

第一卷 希腊

第一章 起源 …………………………………… 3

一 神代诗人 神话 …………………………… 3

第二章 史诗 …………………………………… 8

二 Homêros ………………………………… 8

三 Ilias 与 Odysseia ………………………… 10

四 Hesiodos ………………………………… 12

第三章 歌 …………………………………… 15

五 Elegos 与 Iambos 寓言 ………………… 15

六 独吟诗人 Anakreon Sapphô ……………… 17

七 合唱诗人 Simonides 与 Pindaros ………… 20

第四章 悲剧 ………………………………… 24

八 悲剧起源 ………………………………… 24

九 Aiskhylos ………………………………… 27

十 Sophokles 与 Euripides …………………… 29
第五章 喜剧 …………………………………… 33
十一 喜剧起源 ……………………………… 33
十二 Aristophanes ………………………… 35
第六章 文 ……………………………………… 37
十三 散文起源 ……………………………… 37
十四 史 ……………………………………… 38
十五 演说 …………………………………… 40
第七章 哲学 …………………………………… 43
十六 古代三派 ……………………………… 43
十七 自然学派 诡辩派 …………………… 46
十八 Sokrates 派 …………………………… 48
第八章 杂诗歌 ………………………………… 51
十九 牧歌 Theokritos ……………………… 51
二十 拟曲 Herodas ………………………… 53
二一 诗铭 …………………………………… 55
第九章 杂文 …………………………………… 59
二二 杂著 Theophrastos …………………… 59
二三 小说 …………………………………… 61
第十章 结论 …………………………………… 66
二四 希腊思想 ……………………………… 66

第二卷 罗马

第一章 起源 …… 73
一 罗马思想 神话 …… 73
二 原始戏剧 …… 75
第二章 希腊之影响 …… 78
三 史诗戏曲 …… 78
第三章 戏曲 …… 82
四 喜剧 Plautus Terentius …… 82
悲剧 Accius …… 86
五 讽刺诗 Lucilius …… 86
第四章 文 …… 88
六 学术历史演说 …… 88
第五章 诗 …… 91
七 哲学诗 …… 91
八 抒情诗 …… 94
第六章 文二 …… 97
九 演说 Cicero …… 97
十 历史 Caesar …… 98
学术 Varro …… 99
第七章 诗二 …… 101
十一 史诗牧歌 Vergilius …… 101

十二　讽刺诗 Horatius …………………… 105
十三　艳诗 Tibullus Propertius ……………… 107
Ovidius ………………………………… 109
第八章　文三 ………………………………… 111
十四　历史 Livius ……………………… 111
第九章　诗三 ………………………………… 113
十五　寓言 Phaedrus ……………………… 113
剧 Seneca ………………………………… 114
史诗 Lucanus ……………………… 115
十六　讽刺诗 Petronius ………………… 116
Persius Juvenalius ………………… 118
诗铭 Martialis ……………………… 119
第十章　文四 ………………………………… 121
十七　论文 Seneca Plinius ……………… 121
历史 Tacitus ……………………… 123
第十一章　杂诗文 ……………………………… 125
十八　诗 Ausonius ……………………… 125
十九　小说 Apuleius ……………………… 127
二十　基督教作者 ……………………… 129

第三卷

第一篇　中古与文艺复兴

第一章　绪论 …………………………………… 133

一　希腊思想与希伯来思想 ………………… 133

第二章　异教诗歌 ………………………………… 136

二　各国史诗 ………………………………… 136

第三章　骑士文学 ………………………………… 139

三　英雄诗 …………………………………… 139

四　抒情诗 …………………………………… 140

第四章　异教精神之再现 ……………………… 143

五　Aucassin et Nicolete 与浪游之歌 ……… 143

第五章　文艺复兴之前驱 ……………………… 146

六　意大利 Dante Petrarca Boccaccio ……… 146

英国 Chaucer ……………………………… 149

第六章　文艺复兴期拉丁民族之文学 ………… 151

七　意大利 …………………………………… 151

八　法国 ……………………………………… 154

九　西班牙 …………………………………… 155

第七章　文艺复兴期条顿民族之文学 ………… 158

十　英国 ……………………………………… 158

十一　德国 …………………………………… 163

第二篇　十七十八世纪

第一章　十七世纪 …………………………………… 167

十二　意大利 …………………………………… 167

十三　西班牙 …………………………………… 168

十四　德国 …………………………………… 170

十五　法国 …………………………………… 171

十六　英国 …………………………………… 174

第二章　十八世纪法国之文学 …………………… 177

十七　Voltaire 与 Rousseau …………………… 177

第三章　十八世纪南欧之文学 …………………… 187

十八　意大利之歌剧 …………………………… 187

西班牙 Luzan …………………………… 189

第四章　十八世纪英国之文学 …………………… 190

十九　小说与新诗歌 …………………………… 190

第五章　十八世纪德国之文学 …………………… 198

二十　Goethe 与 Sturm und Drang ………… 198

第六章　十八世纪北欧之文学 …………………… 206

二一　丹麦与瑞典 ……………………………… 206

二二　俄国 …………………………………… 207

第七章　结论 …………………………………… 209

二三　古典主义时代之概观 …………………… 209

第一卷　希腊

第一章 起源

一 神代诗人 神话 希腊古代文学最早者为宗教颂歌，今已不存。所称神代诗人，如 Orpheus，其子 Musaios 及 Linos，亦第本于传说，并非实有。盖仪式诵祷之作，出于一群，心有所期，发于歌舞，以表祈望之意，本非以为观美，纯依信仰以生。迨礼俗改易，渐以变形，乃由仪式入于艺术。昔之颂诸神者，转而咏古英雄事迹，颂歌之后，乃发扬而为史诗焉。

颂歌（Hymnos）皆关神话（Mythos），史诗（Epos）大抵取材于传说（Saga）。神话与传说，本甚近似，唯神话记神人之行事，传说则以古英雄为主。其一对于超自然之存在，有畏敬之心，近于宗教纪载。其一对于先民之事迹，致爱慕之意，近于史传。此为二者之大别，唯后以便于称名，或并谓之神话。

希腊神话，于古代文学，至有影响。其内容美富，除印度外，为各民族所不及。唯神怪荒诞之处，与各国神话，同一不可甚解。古来学者，各立解说，有譬喻历史神学言语学诸派，皆穿凿不可据。十九世纪后半，英人Andrew Lang氏创人类学解释法，神话之本意，始大明了。古代传说，今人以为荒唐不可究诘；然在当时，必自有其理由，为人民所共喻。今虽不能起古人而问之，唯依人类进化之理，今世蛮荒民族，其文化程度略与上古诸代相当。种族虽殊，而思想感情，初无大异，正可借鉴，推知古代先民情状。今取二者之神话比勘之，多相符合。古代神话，以今昔礼俗之殊，已莫明其本旨。蛮荒民族，传说同一怪诞，而与其现时之信仰制度相和合，不特不以为异，且奉为典章。由是可知古代神话，正亦古代信仰制度之片影，于文化研究至有价值，非如世人所谓无稽之谈，出于造作者也。

民生之初，事莫切于自保。饮食以保生时之存在，妃偶以保身后之存在，更以种种求保生后之存在。人观于自然之神化，影响及其身命，或间接及其衣食之资，莫不畏敬，因生崇拜。又观于睡梦形影，生老病死之不测，因生灵魂之信仰，人鬼物魅，悉从此出。生殖崇拜，亦自成立，岁举春祭，以祈人畜禾稼之长养。由是数者，综错杂和而成原始思想，神话传说，因亦无不留其痕迹，一一可按。希腊神话中，兽婚变形返魂诸说，皆可以精灵崇拜（Animism）解释之。若王子行牧，太上躬耕，则凡知酋长制度情状者，亦一见可解也。

希腊民族，其初分居各地，各自有其神话。后以转徙，渐相溷杂，终乃合诸神祇，成一大家族焉。主神 Zeus 其妻 Hera，共居 Olympos 山颠。其子女 Athena（战争之神又司工艺之神），Hephaistos（火神又锻冶神），Apollon（音乐之神），Artemis（佃猎女神），Hermes（牧神又司传宣之神）次之。Zeus 之女弟 Demeter 为禾稼之神又曰地母。又其弟 Poseidôn 为海神。战神 Arês 与爱之女神 Aphroditê 则非同族。以上共为神国中坚。此外有自然现象之人格化者，如日 Hêlios 月 Selênê 启明星 Phôsphoros 曙 Eôs 虹 Iris 风 Aiolos 诸神。又有数类，位甚卑，而于文学甚有关系。今略述如下。

一　牧神 Hermes 之外，又有 Pan 与 Satyros，同为牛羊之神。唯起源不同。Pan 为 Arkadia 牧人所奉，其状人身长髯有角，两耳足尾皆如羊。冬居山穴中，夏则随羊群至平原，当午昼寝，夕吹牧笛，如本土牧人所为。Satyros 出 Argos，其地居民以牧畜酿酒为业。其神羊身，以羊最善滋殖故。后转为人身，羊耳垂尾。及酒神（Bakkhos）祭起，列入从者。Pan 则仅限于牧，唯以希语又释作一切，后以 Pan 为主神，代 Zeus 而有之。

二　音乐之神外，有文艺女神。亦 Zeus 之女，相传有九人，各有本名，分司歌舞戏曲之事。通称曰 Mûsai。

三　凡水泉之地，皆有神女，称曰新妇（Nymphê），言其美好。又分称之曰 Naias，居川中。曰 Oreias，居山林中。曰 Dryas，居树中。位置介乎人神之间，虽灵异而非长生。生命依其所居，如水泉涸，或木枯，则神女亦死。又有 Nêreides 为水神 Nêreus 诸女，时或与 Naiades 相溷。

四　Aphroditê 外有爱神曰 Erôs，意云欲求。象小儿，持弓矢。其矢伤人，以比爱恋之苦。或以为 Aphroditê 之子，文学中多互举之。

希腊古代，亦信死后之存在。幽冥之国在地下，有冥王曰 Hades 及其后 Persephonê 主之。生魂居其中，作息一如生时，唯芒然了无意志。其地与世隔绝，有数恶川为阻。Kharon 在其中，操舟渡人魂，往而不返。死者于舌下必置一 Obolos，以为渡资。西方有乐土曰往者原（Elysion Pedion），善人得入之。又有地狱（Tartaros），以罚叛神者。唯死后赏罚，起于西历五世纪前。其初皆执行于生前，且只限于神所爱憎，其人世罪恶，则由人自报复。唯杀父母兄弟，无人复仇者，乃由怨鬼（Erênys）自报之。后转为凶神之一类，女身黑色有翼，首上蟠蛇。与死神 Thanatos 梦神 Hypnos，共居幽冥之国。雅典人畏之，称曰慈惠（Eumenides），又曰庄严女神（Semnai）。悲剧中多见之。

第二章　史诗

二　Homêros　希腊史诗存于今者，有 *Ilias Poiêsis* 及 *Odysseia* 两种，相传皆 Homêros 所作。基督前八百年顷，生 Iônia。后世有七邑，争自承为其故乡，唯皆不可据。有颂歌，亦传为 Homêros 作。其一有云，客问谁歌最美，可答曰有盲人居 Khios 多山之地，其歌最美，永永无匹，后人因谓其老且瞽，行吟乞食。唯此歌著者，实不知为何人，故不得决为 Homêros 自述也。

Homêros 身世无可考，学者多谓非实有其人。其名义曰人质，或当为 Homêrodokhos，方成完全姓氏。Khios 乃有一族，号曰 Homêridai，世为歌人，自承为 Homêros 之后。唯详考其故，盖先有 Homêridai 族，其先代曾为质，因以得姓。不得为战士，唯以行吟为业。终乃遗忘本源，自释其姓为 Homêros 子，因立 Homêros 之名而追崇之。正如希腊人自名其国曰 Hellas，民曰 Hellênes，因立 Hellên 为先祖，Iônia 人亦自称 Apollon 子 Iôn 之后也。

或谓 Homêros 之故乡为 Khios，盖亦有说。Khios 既为 Homêridai 一姓聚族所居，而其人又悉为 Rhapsôdoi。故今若以 Homêros 之生，解作 Homêros 史诗之发达，则其言固有至理。Rhapsôdos 者，意云唱补缀之诗者。大抵史诗之作，由短而长，由散而聚。歌人收散片之诗，联集而吟咏之，又递相口授，多有变易，后乃辑录，成为今状。非 Homêros 先作此二长篇，其子姓 Homêridai 乃承受而分歌之也。

或又谓 Homêros 为盲，殆亦据古代社会情状而云然。上古之世，以战争立国，男子之少壮者，皆为战士。跛者为工，制兵器，盲者唯可吟诗耳。且此外复含神秘之思想，诗人术士，皆得神宠，而复加以残废，乃远人世而近神明，于是能预言，或作歌。如 *Odysseia* 中先知 Tiresias 盲，而 Athenâ 授以神智。歌人 Demodokos 为 Mûsai 所爱，而祸福并臻，去其目光而予以美音，今所存 Homêros 石像，在 Naples 博物馆，亦刻作盲目也。

基督七世纪前，诗人 Kallinos（前 660）始言及 Homêros 著 *Thebais* 一诗。次有 Semonides（前 630）引成语曰，人生如叶之落，云是一 Khios 人所言，今见于 *Ilias* 中。尔后纪载渐多，史家 Thukydides（前

430）只言 *Ilias* 与 *Odysseia* 为 Homêros 所作。至二诗编定之时，Cicero（前 160）云雅典王 Peisistratos（前 550）编录 Homêros 散乱之诗，订定之，如今世传本。Plutarkhos 则谓 Solon（前 660）所为，编定次序，用于 Panathênaia 大祭。唯 Lykurgos（前 350）但云先人所定，不举其名，后世遂以归之大立法家，此说差可据也。

三　Ilias 与 Odysseia　*Ilias* 者，叙 Ilion 战争之事。初 Peleus 之婚，大宴诸神，而 Eris 独不与。Eris 怒，遂以一金频果投筵上，书其上曰予最美者。于是 Hera，Athenâ，Aphroditê 共争之，Zeus 不能定，命就 Ilion 王子 Paris 决焉。Paris 方牧羊山中，三女神各赂之命右己。Hera 许以富贵，Athenâ 许以功业，Aphroditê 则许以天下最美妇人。Paris 从其言，遂以神助，诱斯巴达王 Menelaos 妻 Helenê 而归。王约与国，兴师伐之，Agamemnon 为主师，其下有 Akhilleus 及 Odysseus诸名将。而 Paris 兄 Hektor 亦勇猛无敌，相持十年。会希军出掠，Agamemnon 分俘得 Apollon 祭师 Khryses 女，神乃降以大疫。*Ilias* 开端，即在此时。希军既大创，Akhilleus 劝归 Khryseis 以息神怒，Agamemnon 允之，而取 Akhilleus 所得之女 Bryseis 为代。Akhilleus 怒，决绝而去，希军益不支。Akhilleus

稍悔，遣其友 Patroklos 赴援，为 Hektor 所杀。Akhilleus 大怒，欲复仇。Agamemnon 复以 Bryseis 归之，卑词求和，Akhilleus 乃出，杀 Hektor，唯其运命亦垂尽。诗至二英雄之葬而止，不及 Akhilleus 之死，或后人讳而去之。后以 Odysseus 木马之策，破 Ilion，复得 Helenê 以归，此大战遂毕。近世发掘小亚细亚，见有古城焚馀之迹，考其时当在基督前千二百年，似 Ilion 之战，亦本于事实也。

Odysseia 纪 Ilion 下后，Odysseus 归国之事，然亦有后世羼入者。Odysseus 归途，历诸危难，登 Ogygia 岛，为神女 Kalypsô 所留，七年不得归。Athena 为之请于 Zeus，乃命神女纵之行。海神以前怨，碎其筏，游泳登岸。其地曰 Skeria，王遇之厚，Odysseus 为述所遭。云初过 Lotophagoi 之国，又遇 Kyklops，食其同伴，以计矐其目而遁，过 Aiolos，遭逆风失道，抵日神女 Kirkê 之岛，留一年。发舟遇 Seirenes 于海上，其状女首鸟身，善歌，闻者迷罔，投水而死。途中或不谨，盗杀日神之牛，雷震其舟，众皆溺，Odysseus 以不食牛独免，乃至 Kalypsô 之居。终至于此，王遂厚赠而遣之。既归 Ithaka，伪为丐者至其家，众方迫其妻 Penelopê 欲娶之。Odysseus 乃与子 Têlemakhos 共诛众恶，家复得完。又往谒其父 Laertês，退隐村间，

躬耕以自给。

Odysseia 旧传为 Homêros 晚年作，唯据近代考证，以二诗所写社会情状，颇多不同，故定为非一人所造。*Odysseia* 叙 Odysseus 漂流海上，历遇神异，事既瑰奇，诗亦益妙。唯伟大悲壮之处，不及 *Ilias*，此固性质不同使然。*Ilias* 虽以 Akhilleus 之怒为主旨，其最得人同情者，乃为 Hektor。诗人歌胜利之光荣，而人生之战败者，其阅历乃更深彻而伟大。作者之心，能不为狭隘之爱国思想所囿，因得了彻两方之感情，表而出之，此正希腊特具之才能，而早见于 Homêros 之诗者也。

Homêros 又有颂歌，然实非祝祷之作。古者歌人吟诗，必先呼神而求其助，相沿成习，遂有所谓 Proöimion 者。可释曰引，后或分立，称颂歌焉。又有谐诗 *Patrakheiomyomakhia*（蛙鼠战争）、*Margitês*，亦相传为 Homêros 作，然俱出假托。古代著作，大抵不知主名，后世以意定之。如 *Iliu Persis* 著者之为 Arktinos，*Telegoneia* 著者之为 Eugamon，并有双关之意，显为后起之假名矣。

四　Hesiodos　方 Homêros 史诗盛行于 Iônia 时，在 Boiotia 亦有一派，与之角立。今存 *Erga Kai Hêmerai* 与 *Theogonia* 二诗，为 Hesiodos 作。Homêros 咏战

争涉险，Hesiodos 则歌田功农时。Homêros 为贵族之诗人，Hesiodos 则齐民之诗人也。Boiôtia 古时，故多民歌，及英雄诗歌流行，受其反动，益复发达。或外来诗人，取材本土，造作别体，Hesiodos 殆其一人。相传幼时牧羊山中，得 Musa 指授，遂能诗。后至 Lokris 识一女子曰 klymenê，其兄弟共袭杀 Hesiodos，投诸海，海豚负尸登岸，遂葬之。女生一子，即诗人 Stêsikhoros 云。又或谓 Hesiodos 父死，兄弟析产，其弟 Persês 赂乡官，悉以沃田归己。盖因 *Erga* 中多言乡官之不公，又时呼 Persês 予以教训，因生此说。实皆附会，非实有也。

Erga 首责 Persês 之游惰，乡官之贪婪，以力作为人生要义。引 Prometheus 窃天火助下民，及 Pandôra 故事，次述人世金银铜铁四时代。而今世已为末期，诸神多去，唯馀 Aidôs 及 Nemesis 二神。后将并此悉去，而人间亦愈沦落。唯若齐民能起而惩王公之罪恶，或更有光明之望，较之 Iônia 史诗赞颂先王功德者，迥不侔矣。其后为农时月令，次为格言，次为吉凶日占。其书通称曰农功与日占，古人极重之。或取其道德之教训，或取其农功之指导；唯在今日，乃能于此见古代希腊民间情状，闻田夫野老，罄其心曲，故为可贵也。

Theogonia 此言诸神世系，首纪天地开辟，以至 Zeus 立为主神。次编列诸神，意欲定其职守，明其系属，以成神国世本。唯希腊神话，本集各族传说而成，初无定序，故为事极难。*Theogonia* 传本，亦不完善，往往不相联属，大类歌人所记，以备取材之书，唯于神话研究，颇有价值。诗末，纪诸女神下嫁人间者。又纪民女为神妻者，名 Eoiai。唯此卷已佚，仅在古书中，散见数十则而已。

与 *Erga* 同类者，有星学鸟占诸诗。云亦 Hesiodos 所作，今皆不存。Pausanias 著希腊志中云，乡民示以一铅板，上刻 *Erga* 而无序言。且曰，此外著作，皆非 Hesiodos 真本云。

史诗作家，实有其人者，首为 Pisandros（前 650），著 *Heraklesia*，又有 Anyte，见希腊志，人称女 Homêros，所作皆不传。

第三章　歌

五　Elegos 与 Iambos 寓言　Hesiodos 之诗，源似微而流甚长。*Theogonia* 之后，有各地传说，记先代系序。又仿 Eoiai 作诗，以记述为重，不主谱录，衍为艳歌（Erotikos Elegos）。至 *Erga* 之影响，亦分两支。一由农时月令，曼衍为学术诗，如星辰地理医药占卜诸诗。一由格言，曼衍为哲理诗。而 Solon 等之 Elegos，与 Arkhilokhos 之 Iambos，其起原亦均有相关者焉。

哲理诗之起，由 Xenophanes。本 Anaximandros 弟子，居 Kolophon，遭波斯之乱（前 546），遂周流为歌人。唯不信神话，以自然无限为神，形质心意，皆与人殊。古人以奸盗诈伪，人世众恶，加之于神。又绘己之形以象神，使师虎能绘，亦必象神为师虎矣。所作有诗论自然，Parmenides 继之，亦有是作。今皆不传，仅存断片，然实为希腊古代哲学之源泉，至足珍也。

Elegos 本为挽歌，后仿其体别用之。见于史传者，以六世纪前 Tyrtaios 作战歌为最早。Mimnermos（前 630）更作 *Nanno*，咏古代爱恋之事。盖脱胎于 Eoiai，以其妇字为篇名。终乃厌世，至怜日之奔走为劳，自愿以六十无疾而死。大立法家 Solon（前 639—前 559）亦有著作，唯以传布政见为事，不甚致力于文字。Theognis（前 520）诗，今世所存较多，以格言（Gnômê）胜。Theognis 本 Doris 贵族，以革命出亡，故为诗多怨怼，至祈神欲饮 Demos 之黑血。今之所传，乃三世纪前学校教本，故字句多改易，然亦以此独得完也。Semonides（前 620）作亦散失，唯诗选中存一章。古时值祭日，女子得作歌嘲男子为乐。此为报歌，以虫为喻，淑女为蜂，高傲者马，善问者鼬，懒而好食者为豚。其诗则 Iambos 之体，非 Elegos 也。

Iambos 者，诙谐调笑之诗，其体近于常言，相传为 Arkhilokhos（前 650）所创。Arkhilokhos 放旷不羁，以事去其故乡，移居小岛。与土人战，弃盾而走，曰是何害，吾可更得新盾也。又去之，应募为兵，或为海贼以自给。其诗有云，吾于矛头得蒸饼，得 Ismaros 之酒，吾又卧矛上而饮酒，即咏其事。终殁于战。尝作诗云，吾为战神之仆，又得诗神之美赠，论者以为二言足尽其为人矣。Hippônax（前540）作诗，纯用Iambos体。多恶言，滑稽之趣颇少。始作跛体（Skazôn）世谓其人跛而丑，以丐自给者，或因此也。

世所称《伊索寓言》（*Logoi Aisopu*），本亦讽刺诗之一种。起原尚在上古，人兽之际，形体虽殊而性灵不异，即木石水土，亦有凭依，故言动视息，通于万类。后之文人，采集传说，或稍加修正，以寄微旨。其作也不出于一人，其成也亦不定于一时。唯相传为Aisopos作，四世纪前Aristophanes亦已云然。旧传Aisopos与Rhodopis，同为Iadmon家奴。形体残废，而善为寓言，终以讥刺撄Delphoi人之怒被杀。然别无左证，殆亦后人假造，犹Homêros事也。今所有希腊文本，为基督一世纪末时Babrios所编定，其诗亦用Kholiambos体。

六　独吟诗人Anakreon Sapphô　希腊古代诗皆合乐，假管弦之力，以表情思，补言语之不足，故诵史诗者配以Lyra，挽歌则和以Aulos，即Theognis之诗尚然，盖古无徒歌也。第纪叙实事，或敷陈义理，重在索解，则但永歌之，不复用丝竹合奏，后因以为常。若其表现感情，言不尽意，重在感兴而不在思索者，则音乐之为效益大，于是所谓 Melos 者起焉。Melos 者，抒情之歌，与纪事之诗相对。又分二类，一曰独吟，一曰合唱。私人著作，偶有兴会，写其情思，以自怡悦，是为个人之歌。吉凶典礼，佐以歌舞，作者撰词，率 Khoros 唱之，其诗不为一己。Aristoteles 尝辨别之，所谓一为为己之诗，一为为人之诗是也。独吟之诗，以 Alkaios，Sapphô 及 Anakreon 三人为最著。

Alkaios（前 600）者 Lesbos 旧家子。恶君主而贱齐民，多历征战，后以国事出亡，十五年始得返。所著诗十卷，多自述身世，言流亡行役之苦，后尽零失。亦有风怀之作，而非其本色。Teos 之 Anakreon（前 540），世谓之醇酒妇人之诗人。其诗五卷，备诸体制，今所传止断片一章。短歌一卷，词旨俊妙，妇孺可解。后来代有仿作，自三世纪前以至中世，合称 Anacreontea。放诞淫佚，往往过之，至令后人以 Anakreon 为纵欲败度之老翁，亦其不幸也。

Sapphô 又称 Psappha，亦 Lesbos 人，生基督前六百年顷。其身世大略，颇见于纪载，然大抵不足凭信。唯 Herodotos 言其父名曰 Skamandrônymos。有弟 Kharaxos，悦豪家女奴 Rhodopis，赎之出，后为名伎，留埃及。Kharaxos 归，Sapphô 嘲以诗。又 Suidas 言

Sapphô 有夫名 Kerkôlas，为 Andros 人。今依字义推之，当是后世轻薄者之所造也。Sapphô 有女 Klêïs，见于诗。史言其家在 Troia，终不详其姓。又或谓爱 Phaon 而不见答，乃追之至南意大利，投白厓（Leukas）死。然古诗人多咏其墓，Hephaistion 作投厓人名表，亦不著录。且此说始见于喜剧，距 Sapphô 之死，已二百年，以前未有言者，则无稽可知也。Aiolia 之俗，家庭社会间，女子颇得自由，不如 Ionia 之闭处宫闺，不与外事，亦不如斯巴达之专务体育。大抵颇能学问，从事文艺，以发抒情思。Lesbos 为全邦文化之中心，而 Sapphô 又实其领袖。结社讲诗，四方景附，论者至比之 Sokratês。然俗世少见，乃大惊异，以 Sapphô 非 Hetaira 而制此深挚之艳诗，则凭臆为解，造作浮词。加以谐曲狎侮之词，其说遂益纷纠。至近来学者辟而辟之，乃始稍白于世矣。

Sapphô 诗旧云九卷，基督二百六十年顷，Athenaios 尚言诵习其全诗。三百八十年顷，以东罗马王命，并古诗人著作悉焚弃之。今仅馀艳歌二节，又断片百十数则，皆借古代文法字典家引用得存，而古今叹慕，不易其度。Platôn 称之为第十诗神，Solon 闻其侄歌 Sapphô 诗，急欲学之，曰愿及吾未死而得诵焉。Sapphô 诗以 *Eis Aphroditan* 与 *Eis Erômenan* 为最有名。

Eis Erômenan 存十七行，英诗人 A. C. Swinburne 作 *Anactoria* 一卷，以绎其意，序言所谓爱情之暴发，进则坚而为狂怒，退则深而为绝望者也。其 Epithalamia 中亦多佳句，或以为胜艳诗。今举英译一节于左。

> As the Sweet apple blushes on the end of the bough,
> The very end of the bough the gatherers overlooked,
> Nay overlooked not but could not reach,〔so art thou.〕

七　合唱诗人 Simonides 与 Pindaros　合唱之起，盖在有史以前。古时宗教仪式，必有歌舞，又如凯旋丰收，以及生死婚嫁时，亦行之。有乐师，率其歌队，以此为业，寄食于诸侯，Doris 诸邦最盛。其歌分战争，哀挽，饮宴，婚姻诸事。又或以人分，如男子歌，女子歌，童子歌等。其词为乐师所作，唯应教令为之，与自抒怀抱者有别也。最早有 Alkman（前650）者，斯巴达人，著 *Parthenia*，用于 Artemis 之祭。雅典人细绎其诗，谓其先出 Lydia，被鬻为奴，以能诗得释。盖以斯巴达人为不能诗，故作此说，犹以 Tyrtaios 为雅典塾师之故事耳。

Stêsikhoros（前600）相传为 Hesiodos 子，本名 Tisias，始取史诗资材，别作歌咏，故有 Lyrikos Homêros 之称。所作凡二十五卷，唯多长篇，文句又明晰易解，故文法家不甚引用，而流传遂绝少。然在当时，声名播布全国，已有不解 Stêsikhoros 三行诗之语，以喻人之不学。后世文人画师陶工，咸被其泽，古今传说之迁变，亦悉缘于 Stêsikhoros。盖其对于古代传说，虽亦信为典要，而时或加以修改，使臻美善。举凡蛮荒古迹之遗留，与草野民生之情状，皆美化之，而诗境亦益广大，不复为神话所范围矣。Stêsikhoros 咏 Ilion 事，于 Helenê 有微词，已而病目，疑为祟。且考核史迹，亦以旧说为诞。因作《反歌》（*Palinôdia*），言 Helenê 未尝至 Ilion，实 Zeus 遣一化身（Eidolon）代之往也，未几疾瘳。*Palinôdia* 一诗，虽有为而作，然其精神，则足代表著作之全体也。

Arîon 与 Ibykos 同为行吟诗人，又同以轶事著名。Arîon 始造 Dithyrambos，用于酒神之祭。尝为海贼所袭，投海中，有海豚负以登陆。Ibykos 之诗，合三族之长，备极美艳。后为人所戕，有鹤为之复仇，则以鹤名 Ibykos，故生此说也。

Simônides（前 556—前 467）以 Tisias 死之日，生于 Keos。周行列国，以诗游诸侯之门。其先，诗人依居停，应教为诗，酬报有差，至 Simônides 始计值以作，与后世之卖文相似矣。所作备具各体，挽歌，舞歌（Hyporkhêmata），凯歌（Epinikoi）尤佳。又作诗铭（Epigramma），本以铭墓，或施于造像，后乃用之他事。Simônides 诸作中，以 Thermapylai 战死者，及 Timokreon 墓铭称尤最。其一悲壮，其一轻妙，俱为不可及也。

Pindaros（前 522—前 448）者，Boiotia 人，世传少时与女诗人 Korinna 竞技，不胜，乃发愤为诗。唯 Korinna 遗句中，有非议 Myrtis 与 Pindaros 角胜事，则其说盖非实也。Pindaros 作诗九种，共十七卷，今所传止 *Paianes* 断片数章，及 *Epinikoi* 四卷而已。*Paian* 者，颂 Apollôn 之歌。*Epinikoi* 则为希腊四大会时，角力竞车之胜者颂也。Pindaros 之诗，咏叹健者之勇武，马骡之骏逸，而能自出新意，引古代传说，陈先世之功业，合 Epos 于 Melos 之中，盖承 Simônides 之传，又善能光大之者也。Pindaros 作诗，虽亦应教，而性好武侠之事，故情文相生，自成绝调。又与 Hesiodos 同为 Boiotia 人，道德思想颇相近。然 Hesiodos 为齐民之诗人，Pindaros 则为阅阀之诗人。Hesiodos 教农民以劳作节俭，而 Pindaros 则教贵人以重荣誉，轻施予，劳其身心，弃财力，费时日，以求所谓善 Areta 者。其理想人物，则 Doris 人之始祖 Heraklês 也。高贵强武，荣誉声名，皆具于一人，而 Olympionikês 则其化身，宜乎 Pindaros 之永歌之矣。

Bakkhylides（前 468）为 Simônides 之犹子，善作 Epinikoi，与 Pindaros 同时。虽才力稍逊，而文词平易优美，不如 Pindaros 之艰深，故声名相并。著作久佚，一八九七年始于埃及古墓中，得芦纸三枚，录 Bakkhylides 诗二十章，由是复闻于世。其中六章不关竞技事，尤可珍重。第十八章题曰 Theseus，咏 Theseus 之返国，两歌队设为雅典人与王 Aigeus 之词，互相问答。由合唱转为戏剧之迹，于此又得一旁证焉。Alkman 之 *Parthenion*，亦有问答之词，唯止歌女自相问讯调笑而已，与此假为古代人物者异也。

第四章　悲剧

八　悲剧起源　悲剧之起，Aristotelês 以为始于 Dithyrambos，当 Dionysos 祭日，市民假妆为 Satyroi，歌舞以娱神。一转而为歌队，再转而为戏剧。Tragos 者，羊也。由是而生 Tragikos khoros，又一变而为 Tragôidia 也。

世传 Arîon 始造 Dithyrambos，唯其起源甚古，Arîon 或但订定之耳。Dithyrambos 之字义，或云重户，或曰神喜，最近学说则解之曰神跃，Dionysos 则曰神圣少年。希腊古时，每年四月（Anthestêriôn），例行春祭三日，以祈人畜禾稼之长养。元始民族，自保之具，莫急于食，故对于四时之运行，疑惧与喜望交并。既惧冬之常住，复恐春之不再来，乃有送冬与唤春诸仪式，心有所期，形于动作，所谓情动于中而形于言；言之不足，故嗟叹之；嗟叹之不足，故永歌之；永歌之不足，不知手之舞之，足之蹈之也。故 Dithyrambos 者，春之歌也，生之复活之歌。而 Dionysos 者，亦即一切生气之精也。其别号曰 Dithyrambos，曰 Bakkhos，曰 Bromios，皆示生意之发动也。此为 Dithyrambos 最初之一面，希腊以外，亦多有之，不限于一时一地也。

Dithyrambos 者，歌 Dionysos 之生，Platôn 已云然。后世渐忘春祭之本意，遂造 Semelê 之神话以释之。或以 Dionysos 为酒神，至其本来，则止为生命之精灵。其形或为木，或为兽，或为人，不一其状。最古为一木株，上缠布帛，或刻作人面，以薜萝葡萄蜜房干无花果为饰。又或为牛马，舞者亦伏地作牛鸣，或缚马尾于背以象之。盖模其形状，拟其行动，能得灵感（Enthusiasmos），与神相接也。尤以羊为最多，后虽变形为丈夫，为婴儿，为少年，而其徒仍作羊形为 Satyroi。此 Tragikos Khoros 之所由起也。

春祭之时，Satyroi 随神舆而行，或就平野作环舞，后始有定地，曰 Orkhêstra。或 Arîon 遂编订其歌词，定歌队之人数，又于合唱之外，加以问答，如 Alkman 所为。于是环舞渐蜕化而为队舞，是盖又一绝大之变迁也。

然其最大之影响，则缘在上者之提倡。希腊古时，平民之借牧畜耕种为生活者，当春祭时，为迎春之仪。而高门巨族，则仍崇拜先祖。古之英雄，死而为灵，又多即为地方之守神，执政者患其不利于统治，力以诸术杀其势。编定史诗，用诸祭典，与后之举行 Dionysia，皆是。盖 Homêros 所歌，为希腊全国之神人；而 Dionysos 者，外来之神，独立而无所偏倚者也，Peisistratos 为 Dionysos 造祠于雅典。五三五年行竞歌之会，作者各以一曲献 Arkhôn，祭日取其佳者三本歌之，校定优劣，Thespis 得赏，是为演剧之起源。其初歌队所歌，只 Dithyrambos 一种，故始终为 Satyroi 状。及增新曲，舞者须更衣而歌，Orkhêstra 之外，乃有 Skênê。后渐移作背景，加以藻绘。观者所居地曰 Theatron。古代仪式，渐变而为艺术，于是 Orkhestra 与 Theatron 亦因之为消长焉。

Dithyrambos 咏 Dionysos 事迹，分奋争（Agôn）苦难（Pathos）灵见（Epiphania）三段落。后觉其枯寂，因先以他种歌曲。例凡三章，合 Dithyrambos 统称四部曲（Tetralogia）。歌者五十人，作曲者为之长。歌间，作者出而致词，为独白或问答，以增兴趣，亦使歌者得息。后乃又以左右歌队之长登场，故悲剧优人凡三，称之曰 Hypokritês，义曰应对者。谓作者陈词，而二人应答之也。

如上所言，希腊悲剧之起，可分三节。一，始于 Dionysos 之春祭，歌呼踊跃，以迎生气。二，Arîon

（前620）作 Dithyrambos 之词，用之歌舞。三，Peisistratos 举竞歌之会（前535）Thespis 得胜。又始作科白，已具戏曲模形。及 Aiskhylos，Sophoklês 与 Euripidês 三大家出（前525—前406），乃极其盛。后复消灭，而 Dithyrambos 则流行如故也。

九　Aiskhylos　Aiskhylos（前525—前456）者，Eleusis 名家子。尝从军，与波斯战。四七二年以 *Persae* 一剧得赏。平生著作，凡九十篇，今所传者，只七篇而已。尝自书墓铭云，Marathon 树林，实证其勇，其于词曲，似自以为末技，而后世竟推重之。三百三十年顷，Lykurgos 建大剧场，为之立铜像焉。

Aiskhylos 所作，皆三部曲，今唯 *Oresteia* 尚全，馀止存一部。作《波斯人》（*Persae*）后，四六八年竞技，为 Sophokles 所败。次年复以《七人》（*Septem Contra Thebas*）得赏，次作 *Promêtheus*，四五八年作 *Oresteia*，又得上赏。唯最早著作，则为《吁请之女》（*Supplices*），其年代不详。剧为三部曲之首章，叙 Danaos 之女五十人，为 Aigyptos 诸子所逼，逃至 Argos，求助于王。埃及虽不禁同姓为婚，而强暴之行，亦为罪恶。Argos 遂容留亡人，允为保障。埃及王子来攻，终获诸女，强娶焉。Danaos 乃属女于婚夕尽杀诸婿，唯一女曰 Hypermêstra 者不从，因获罪，

Aphroditê 援之得免。后其苗裔创业，遂立 Argos 新邦也。此曲之意，盖谓天意不可测，又随在见其调和。Aigyptos 诸子，以强暴获报，Danaos 诸女承父命而杀之，皆正也。然诸子之首祸，与季女之逆命，皆不得其正，而实亦莫外于天意。胤嗣大昌，正非神之反复，殆有深密难知之用存焉。其曲虽以 Hypermêstra 为主人，而列入五十歌女之中，初无区别。盖歌队尚未分列，唯绕坛而舞，犹有古剧遗风，优人亦多只二人，故今定为 Aiskhylos 早年作也。

《波斯人》为三部曲之中卷，纪波斯王 Xerxês 攻希腊，横舟断海而渡，投黑索于海中，自称海上之王，获罪于 Poseidôn。及 Salamis 之战，波斯舟师歼焉。剧中止叙母后与诸元老留守故国，忧念征人。及得噩耗，乃吁祷先王，乞其救助。前后二卷，则失之矣。《七人》之前，本有二曲，曰 *Laios*，曰 *Oidipos*，纪 Laios 父子之悲剧。初 Laios 不听神训而举子，终应预言，Oidipos 杀父妻母，至于凶终。Oidipos 子又忤父意，乃诅之，至是亦应。兄弟争位，爰兴甲兵。Polyneikes 联与国七君，攻其兄 Eteokles，兄弟相杀。诅祝必践，夙业递传，有触乃发，终不可逭，此希腊古代之道德观念，多见于戏曲者也。Promêtheus 之传说，对于 Zeus 之神德，多可非议，唯在古代，疾智忌能，不害于神之正直聪明，如《创世纪》所言，亦可以见之。Promêtheus 爱人类而抗暴力，历劫不屈，足引万类之同情，终亦得直，还获自由。惜其曲不完，不能详知始末耳。

Oresteia 叙 Orestes 复父仇，三部俱存。一曰 *Agamemnon*，言后 Klytainestra 与 Aigisthos 共谋杀 Agamemnon，篡其位。二曰 *Khoêphoroi*。三曰 *Eumenides*，言 Orestes 杀父仇。唯以弑母故，为 Erinyes 所苦，因发狂，遁于 Delphoi。诸神集议于 Areios Pagos，以 Athena 援得免，遂为净罪。又慰解 Erinyes，为立祠于雅典，称慈惠女神焉。此曲本事，亦据传说，与当时信仰制度相关，足资今日之研究。Aiskhylos 戏曲本旨，一以写人天恒久之争，一以写罪业因缘之报。好胜之心，常引人越轨而进，乃与自然之力相抗，以至败亡。凡诸恶业，又展转相生，至于无穷，终唯绝灭，乃得解决。而正义公法，亦或能调剂，使得和平，如 *Oresteia*等，皆可以见此意也。

十　Sophokles 与 Euripides　Sophokles（前 496—前 406）作曲，初用伶人三，歌队亦不复重要如昔，又废三部曲例，以一曲为全部。旧剧三部相联，故可叙历世事迹，以一题旨贯串之。Sophokles 作，则重在展示情节，不专以阐发义旨为事。所作仅存七篇，皆咏古英雄事。其 *Oidipos* 与 *Antigonê* 二作，与《七人》之剧联属。Elektra 者，即 Orstês 女兄，同报父仇，唯其旨趣，乃与 Aiskhylos 殊异。Orstês 弑母，虽经神明之示，疫厉之威，而内有心诛，外见鬼责，终于狂易。Elektra 则踌躇满志，以如愿为忻。盖 Aiskhylos 写古人而和以今人之情思，Sophokles 则即以古人之心为心，求与传说相近，且思想又绝严肃，故不同有如此也。其写 Elektra 峻烈刚决，思虑言动，俱为爱父一念所左右，与 Antigonê 以兄弟之谊，甘舍其生者，足相伦比。七人之役，二子骈殒，新王 Kreôn 礼葬 Eteokles，独以 Polyneikes 叛国，故暴其骸，敢葬者死。其女弟 Antigonê 收瘗之，鞫之不屈，Kreôn 子 Haimên 营救不许，遂闭之墓穴。而先知预言神怒，将降大疫，Kreôn 父子亟往启穴，已死矣。Haimon 殉之，其母闻之亦自缢。古者以人死不葬为大罚，盖将使形神永系，不得解脱，而沴厉所积，亦足以违忤天和。且 Homêros 时，已以侮辱死者为戒，故 Kreôn 之命，虽正而实非。Antigonê 之抗命收葬，则纯由天性，发乎自然；殉其义分，而不能自明其理之所在；知生之可乐，而终甘就死，又复不自觉其死之可荣。其设想皆至精微，世以此为希腊戏曲之荣华，良有以也。

Euripides（前480—前406）力作五十年，著曲九十二篇，今存十七，而当时得赏止四次。盖思想卓绝，不能为世俗所赏。毁言洋溢，至谓其不识字，命奴代为执笔云。Euripides作曲，不如Sophokles之纪叙情节，唯以阐发义旨为重，而又与Aiskhylos不同。Aiskhylos写人间祸福，悉统以神秘莫测之力，使古代信仰与现世事实，得其调和。Euripides则于神人行事，多所置疑。其剧叙述情况，不加臧否，而令见者自发不安，萌生疑问。当时人心所不愿闻，而又不能自禁。Euripides之不为时人所好，而复有大名于世者，亦以此也。Euripides相传为哲学者Anaxagoras弟子，故不信传说。尝言天下无淫盗之神仙，并出歌人意造。而作曲又例必取传说为材，故辄复流露真意。如谓其志在摧毁神教，则亦未必然也。

Euripides亦作*Elektra*，乃与二氏绝异。古代传说，一变而为平常人事。Klytaimnestra之死，Aiskhylos以为神罚，Sophokles以为正报者，在Euripides则为罪恶，而其过悉由于Apollon。其写母后，不远人情，足起人之哀矜，而无疾恶，Medea与Hippolytos二剧之主人，亦本世人所共弃，而Euripides善能转化，使观者觉Medea等，正亦常人。但性情偏至，机缘邂逅，而悲剧以成。Aristoteles所谓恐怖悲悯二元素，兼而有之。世或因是称之为 Misogynist，殆未为当。Euripides 亦尝作 *Alkestis* 等曲，写女子美德，但不如昔人之仅依理想，倾于光明之一方。盖能洞观人性，中边俱彻者也。

Euripides 作曲，初用 Prologos 及 Epilogos，说明原委。歌队渐失其用，而典礼所关，不能辄废，乃使为剧中人物。唯不能常用，则于剧间作歌舞，而戏曲形式，亦因之稍变矣。

四世纪后，演剧盛行，而著作衰歇，鲜可称述。技工之事，别于艺术。故今言希腊悲剧者，唯以三子为断也。

第五章　喜剧

十一　喜剧起源　Aristoteles 著诗学，论戏曲起原曰，悲剧起于迎神，喜剧起于村社。虽其书残缺，论喜剧之卷，今已不传，无由详考其说。而喜剧由昉，已可略得大凡。盖二剧之兴，俱因生气精灵之礼拜，然同而实复殊。Dithyrambos 者，迎春之曲，自 Arîon 以来，多经文人润色，言近雅驯，其时在春季，演神之奋争苦难，终之以灵见，志在用感应之术，以促春气。社祭者，田夫野老之所为。其时在秋季，禾稼既登，葡萄酒熟，民生丰乐，皆由神赐，礼有报赛，罄其感荷。迎春之时，惧春之不再来，故悲哀之气，寓于喜望之中，化而为剧，亦写人生之奋争苦难。秋赛之时，则喜春之重来，予万物以有生之乐，故欢愉之气，寄于感激之中。叫嚣纵肆，不能自禁，化而为剧，则嘻笑怒骂，亦无所变也。宗教仪式，约可分祈祷报赛二类。希腊悲喜二剧，即由此出，渐乃与仪式脱离而成艺术也。

喜剧本称 Komôidia，义曰村社之歌。Komos 者，义云乡村宴饮。盖村人集而歌舞，继以行列，而终之以酒宴。后遂引申其义，以 Komoi 为与祭者之称。Plutarkhos 尝记之曰，昔者先民举行 Dionysos 之祭，仪式质朴，而至欢愉。有行列，挈酒一瓶，或一树枝，或牵羊，或携柳筐，中贮无花果，而殿以生支（Phallos）。此盖万物生成之祭，征诸古代及元始民族，往往有之。由今视之，或可骇怪，然在当时，乃不过宗教仪式之一。道德标准，本随习惯而定。故于风俗人心，固亦无害也。且希腊民族，以中和（Sôphrosynê）之德著称。对于自然恒久之性能，有仞知而无讳饰，能节制而无遏逆，使之发泄得间，乃不至于横决。故于村社行列，予以容仞而严其约束，不见有可耻可讳者也。Aristoteles 论悲剧，以为人心本有恐怖悲哀之感，得假此以泄之，又谓嘈杂之音，足以净人间之猛性，不使郁而为厉。故此村社之歌，亦自有明效大用。俾人得于此时，欢笑愉乐，一罄其情，亦祓除之一术也。

村社行列，初不与 Dionysos 之祭相关，但行于 Doris 诸邦，以祈报生气而已。至四六五年，始用于春祭，Komoidia 遂与 Tragôidia 并峙。其初但有村人假妆戴面具，歌舞游行，和以丝竹，或演滑稽动作，以供笑噱。是日又例得放言（Parrhêsia），侮弄骂詈，皆可任意，受者不得较，其后即衍为喜剧中之枝词（Parabasis）。曲间，歌队突前歌诗，讥弹时政，或嘲笑时人，无所顾忌，盖犹存古风。古代喜剧，先有序说，继以枝词，次演剧中主人滑稽行事，多不联属，终以宴乐，作者颇多，令皆不传，唯 Aristophanês 尚存十一篇耳。

十二　Aristophanes　希腊喜剧，分古中近三期，Aristophantês（前 450—前 385）实为古期作者之代表。所作剧讥评时事，大都政教二类。盖意主保守，尊古而非今，故当时民主之治，司法之制，多所责难，如《骑士》（*Equites*），《蜂》（*Vespae*），《鸟》（*Aves*）皆是。又如 Sokrates 之哲学，Euripides 之悲剧，皆思想独绝，不合流俗，Aristophanês 亦以曲刺之。作曲曰《云》（*Nubes*），言有少年从 Sokrates 学，而益流于恶，其父怒，欲火其居。又作曲曰 *Thesmophoriazusai*，以嘲 Euripides。雅典旧有立法祭（Thesmophoria），妇女共祀地母，男子不得与。剧言妇人以 Euripides 多写女子恶德，因于祭日共谋所以报之。Euripides 使其妻父变服往侦，事败，执付法吏，Euripides 潜定计，与妻父共吟所作曲词为号，乃得脱。

及 Euripides 死，又作《蛙》（*Ranae*），言三子卒后，Dionysos 苦岑寂，遂至幽冥之国，召一子返，而 Euripides 与 Aiskhylos 争不决，乃共角技，Aiskhylos 卒胜。Aristophanês 之剧虽意见偏执，攻难思想新潮甚至，而能以美妙之词，饰荒唐之想，故亦有足观览者。晚年所作 *Plutos* 一剧，则写社会情状，不专刺当时政事，合唱亦益少，已与中期喜剧相近矣。

中期喜剧约起于四百年顷。结构视古剧为整，其所讥刺，多为古代神话与当世诗人。及后写日常之事，遂变而为近期喜剧，Menandros 最有名。所作剧百数十种，今止存断片六章，多以爱恋为材。剧中人物，如严父荡子，巧妇狡奴，皆世俗所常有。古剧所刺，多为时政，或涉个人，而新剧则言风俗人情，更为溥遍矣。希腊喜剧，至 Menandros 而完足，犹 Euripides 之于悲剧。唯 Euripides 之后，更无嗣响，遂至中绝，而喜剧独传，流泽于后世戏曲者，甚非鲜也。

第六章　文

十三　散文起源　凡文学发达，皆诗先于文，希腊亦然。颂祷之作，利用永歌，记事抒情，则便于记诵，又得委曲寄意，非散文所及。即 Solon 之政见，Anaximandros 之哲学，亦无不托之诗歌。散文之用，限于日常人事，以达意记数而已。今金石刻文，犹有遗留，多为神社中物。有禁约，诅词，因果灾祥之纪。又有巫觋题名，或加叙述，变为纪年（Hôroi）。神话之外，又有故事（Logoi）流传，其事近于传说，而所说非英雄；近于小说，其人又多实有；唯今俱不传。及哲学渐盛，思想发达，学者乃以散文著述，如 Herodotos 之史，Platôn 之问答，皆是也。

Historiê 一语，今但以指历史，原义则云学问。本其所知，笔之于书，无论历史地理，博物哲学，皆得以 Historiê 称之。Historikos 者，求智之人。Philosophos 者，爱智之人。虽一重事实，主于搜访，一重真理，主于研究，而其业相通，为哲人（Sophos Aner）亦相等也。故其初历史哲学，不立区别，至四百年顷，始明辨之。唯并为求智之学，故文亦务求明晰，散文于是兴盛。唯纪述学问，而仍兼艺文之美。故历史哲学，于希腊文史中，亦占重要之位置，盖不仅以古见珍也。

十四　史　史家最早者，有 Hekataios，著地志，多为 Herodotos 所称引。Hêrodôros 取古代传说，加以研究，为之解释，如后代历史神话学派之业。谓 Prometheus 本 Skythia 君长，居鹰水之次，会水泛滥，人民以为长上不德所致，遂囚之。Herakles 治水功成，乃纵之云。著书已逸，今仅存断片。其说虽未能当，唯天灾流行，罪其君长，本于元始民俗，非出意造。当时哲学者，于古代神话，已多疑难之词，Hêrodôros 欲依据理性，考征事实，以治古史，亦此新精神之一代表者也。

Herodotos（前 482—前 425）世称历史之父，居小亚细亚北，以国事遁居雅典，与 Sophokles 友。作史纪波斯之战，后人取诗神名，分之为九卷。其书记大战本末，而旧闻逸事，杂入其中。第一卷叙波斯克 Lydia，即附记 Lydia 故事（Logoi）。二卷纪征埃及，四卷北征 Skythia，南征 Libya，五卷征 Thrakê，亦然。

末三卷始言 Xerxês 攻希腊败归事，言极详尽。故事则得自传述，类多神异，盖作者亦唯写录闻见，未必遂尽信之也。Herodotos 生于边塞，长而浪游，过欧亚非洲诸地，阅历既多，识见益广。爱其故乡，而对于异邦文化，亦能鉴识，不没其美。生平流亡困顿，而历游各地，从容探访，世多以为异。或传其曾说书于雅典诸地。又据 Diyllos 说云，雅典政府曾以二万五千金酬 Herodotos。盖 Herodotos 为 Logopoios，搜访故事，当众陈述，如行吟诗人所为，故得借以自给，观察所得，关于列邦情势，多足资当局之参考，故予以多金，则不仅为作史之酬而已。Herodotos 对于宗教，颇有泛神思想，不以人神说为然。唯纪事多循俗说，盖由业为 Logopoios，势不能忤世以自取咎责。观其记波斯宗教，颇有称许之词，可知非偏执一义，轻信先说者矣。

Thukydides 之生，去 Herodotos 才二十年，而著作迥异，Herodotos 史书，多载传说，类于说部，Thukydides 作，则体例谨严，纯为统系之历史。Thukydides 生长雅典，受学于当世大师（Sophistai），故文词华赡，思理清澈。Peloponnêsos 战争，Thukydides 身与其役，遂作史八卷，叙述颠末。次序井然，语必征实，凡神异之事，传闻之词，皆置不录，意在资考镜，而非以广异闻。Herodotos 作史，于胜负之数，恒归之天意，故谓波斯之败由于骄盈。Thukydides 则俱以为人事，雅典之败，初非 Nemesis 之见责，而实人自为之。盖 Herodotos 犹为文士，Thukydides 则已有学者风度。其后 Xenophon（前 434—前 354）作 *Hellenika*，意欲续 Thukydides 之史，然不能及。Xenophon 曾受学于 Sokrates，而哲学非其所长。初从波斯王子 Kyros 攻其兄 Artaxerxes，后 Kyros 战殁，将帅皆被杀，Xenophon 遂率兵归希腊，作 *Anabasis* 纪其事，最为世所称。Sokrates 卒，弟子 Platôn 辈力以文字释辩，Xenophon 亦作 *Memorabilia* 记其师言行。又有 *Oikonomikos*，用答问体，以论家政。*Kyropaidia* 者，假为波斯先王 Kyros 外传，记幼时受学情状，而实以自寓教育意见。大要取材于斯巴达，又傅以东方采色，故非正史，亦非小说也。Xenophon 本非文人，唯以馀力著作，又率模仿当时作者，不自成家，然文章简明优雅，后世多师法之。

十五　演说　五世纪末，雅典辩学大行。盖议院论政，或法廷对簿，非有辩给之才，不足以动听闻，申枉曲。当时乃有 Sophistes 以教授修词学为业，辅以天文地志，形数政治诸学。别有 Rhêtôr 者，犹后世律师，业为人辩护。虽律禁代言，唯两曹可预乞人为辩词，自陈述之，后或刊行，以自表白。又或委身国事，吐其雄词，有所激奖，或以自理，如 Dêmosthenes，则已为政治家，非复寻常辩士矣。今所传希腊演说，大抵可分三类。一以文章为主，可为后人模式者，多先世之作。二私家案牍，辩士代作，为两曹所刊行者。三著者一己之作，以发表政见，或讥弹辩解，皆是也。

希腊演说之发达，与散文变迁，极有关系。先世著作，多尚藻饰。Thukydides 作史，文句艰深，Antiphon 过于凝重，Gorgias 偏于妍丽。Lysias 为人作状词，善能体会性情，与之适合，陈词说理，皆极自然，足令敌者抗言，相形见绌，其文已近简易。至 Isokrates 而大成，立美文之标准，自罗马以至近世，无不蒙其沾溉。Isokrates（前 436—前 338）初从 Sokrates 等哲学者游，及父卒无所依，乃学于 Gorgias，为人作讼词，并教修词学以自存。后至雅典，设塾教哲学。唯所重非 Philosophos 之玄理，亦非 Sophistes 之诡辩，旨在修养心性，养成正解明辨之力。虽 Platôn 有界石之嘲，以为两无所可，而势力颇伟，后世文人学者，多出其门。Isokrates 著作，今存演说二十一，尺牍九篇。唯生平未曾亲演，但刊布之而已。其政见则欲希腊联合马其顿以抗波斯，与 Dêmosthenes 正相反也。

Dêmosthenes（前 383—前 322）七岁丧父，保傅共谋夺其资。Dêmosthenes 蓄志报之，遂学律。及长。讼得直，追还旧资，而所存已无几，因业辩士。唯行事正直，不如 Hyperides 等之参与 Hetaira 案件，尤力避 Sykophantes 之务罗织。凡所致力，乃在政治，欲联合希腊以拒马其顿。Isokrates 弟子 Aiskhines 则力与抗。Dêmosthenes 之政策，纯由爱国。Isokrates 则欲外用和平，内行改革，财力困穷，民生过庶，募兵海贼，横行国中，凡此诸患，皆可及此驱除。及 Khaironaia 之败，Isokrates 绝望自杀。二国虽构和，而 Dêmosthenes 图报之志不稍懈，亚历山大既卒，希腊举事复败，Dêmosthenes 仰药死，Hyperides 被杀。后世论史者，或于 Dêmosthenes 有微词，第亦成败之见而已。Dêmosthenes 尝谓雅典人曰，君等为一国之自由与平安而战，万无曲理，光荣所在，宁止胜者？可以知其人矣。

第七章　哲学

十六　古代三派　希腊哲学，自成部属，宜若分立，不隶于文学史中，唯其始初，本亦 Historie 之一部。爱智之士，致力学问，以求知慧。搜访人类之已事者为史家，研究万物之现象者为科学家，探索宇宙之起源及成分者为哲学家，所事不同，旨则无异。且古代哲人多以诗传写思想，其源出于 Hesiodos，如 Xenophanes 等是。若 Empodekles，则已纯为哲学诗人。至 Platôn 用答问之文，抒其绝学，固亦文章之上乘也。

希腊古代哲学，最早为 Miletos 派，Thales 为之首。六世纪时，希腊文明，以 Ionia 为最盛，而 Miletos 又其中枢。Thales 尝学于斐尼基埃及，预测五八五年之日食，为世所重，与 Solon 同为七贤之一。又弃神话开辟之说，求宇宙起源。以为地浮水上，而定湿（Hygron）为万物本，与希伯来旧说相似。又以为万有皆神，磁能吸铁，故有性灵。以生力为神，与物质相合而成世界。Anaximandros 承其说，唯以自然无限（Apeiron）为万有本原。移动分离，成诸形质，盛极而衰，复归于故，以明万物生灭之理。Anaximenes 则即以无限为气（Aêr），因凝散而生寒温，化生水火。其说甚近唯物论，于后世思想，至有影响也。

Miletos 派哲学，出于学问（Historiê），故与宗教分离，且其学说恒与国民信仰违迕。Pythagoras 派，则以哲学而与宗教接近，别成一家之言，盖合 Miletos 派学说，与 Orphism 之信仰而一之者也。希腊古时，自有密宗仪式（Mysteria），以祀地母，祔以 Korê 与 Dionysos，演 Persephonê 之去而复归，以象四时代谢。Korê 者，义云处女，盖言春时，或为新谷。Dionysos 来自外邦，本为生气之精灵，则象以小儿，以为 Korê 之子。后分立自成 Dionysos 之祭，唯本旨故无异。Korê 之往而复返，与 Dionysos 之死而更生，本皆以表生气之盈虚，实祈年之仪式。然影响及于民心，益以坚其死后生活之信仰。此地下诸神（Theoi Khthnioi）之崇拜，初只行于民间。至六世纪时，民主之政渐盛，此风亦益长。又值波斯西侵，祸乱相续，人心厌苦现世，希望未来。凡恐惧忧危之世，恒为宗教发达之机，故 Dionysos 遂为民众归依之主神。Onomakritos

乘 Peisistratos 提倡宗教时，编订歌颂推行之，而归其名于神代诗人 Orpheus。其教谓灵魂不灭，死后归于幽冥。古之正人 Rhadamanthys 等，判决生前行事，善入往者原，恶者入地狱。唯亦可净罪，以求解免。虽占卜符祝，渐流于迷信，然足以慰安人心，使有依附，其效甚大。灵魂永存，故死不足畏，盖死虽为此生之终，又即他生之始。唯他生之苦乐，又依此生之善恶而定，故清净之生活，至为重要。此 Orphism 之教旨，亦即为 Pythagoras 实践道德之所从起也。

Pythagoras 生于 Ionia，讲学于南意。其学主灵魂不灭，与 Orphism 同，又信东方轮回之说，别立宗派，设戒律，与其徒共持之。唯其教专重身心具足，故亦不废学问。Pythagoras 以数为物元。数有奇偶，即有限无限之别，二者相距，而复协和，以合于一。Pythagoras 自称爱智者（Philosophos），而实又密宗信者（Mystes），故行事特异。后世传其奇迹，则颇流于怪诞也。

Xenophanes 本 Anaximandros 弟子，迁居南意，故为 Elea 派开祖。其初行歌各地，为 Rhapsoidos，而不信神话，以为后世伪造。稍变师说，即以自然无限为神，浑然纯一，无有终始。尝作史诗及 Elegoi 二千首。*Peri Physeôs* 一篇，为述学之作，其徒 Parmenides

亦作是诗，今俱不传。Parmenides 亦 Elea 人，行业坚苦，与 Pythagoras 派相类，而不取二元之说。以为道立于一，物皆自存，不生不灭，亦无变化。存者自存，亡者自亡，不能由亡以至存，亦不能由存以至亡。大道唯一，而品物殊形者，乃由知觉欺罔，故生分别。Zeno 继之，著书攻多元说，亦 Elea 派巨子也。

十七　自然学派　诡辩派　Herakleitos 讲学，谓万物原于一，本无终始，与 Parmenides 同。唯以变动不居为世界之原则，则正相背。万有本元，俱归于火，化生庶物，历诸转变，复与元行合体，其说颇类 Anaximandros。又取 Pythagoras 二元说而演正之，以为物有抵拒，而后有协和，凡诸分别，悉由比量。善恶相须，终合于一，故又以争为宇宙大法，万物所由出。水火相克，而复相生，生于垂亡，衰于极盛，自然之神化盖如此。Herakleitos 以性灵为不灭，唯与火相并合，故异 Pythagoras 派。其诋毁神道之教，与他派无殊，而于 Orphism 尤甚。

Empedokles 世多传其奇行，类 Pythagoras，或谓仙去，毁之者则云投火山中，自灭其迹以欺世。其信仰颇近密宗，自谓前生历为人兽禽鱼，唯讲学则粹然学术，不涉于迷信。尝学于 Parmenides，亦谓宇宙无终始。唯又取 Herakleitos 变化之说而贯通之，以为世有四行，为万物根，即气水火土。纯一自存，不能迭化，唯缘爱憎之力，而生分合，聚则成，散则灭，聚散半则变，其说视前人稍进，所著哲理诗 *Physika*，即阐发此义，而《净罪》（*Katharmoi*）一篇，则神秘思想之什也。

原子说（Atomism）创于 Leukippos，成于其徒 Demokritos。Leukippos 师事 Parmenides，唯以为有存亦有亡，实体之外，皆为虚空。实体为物，极微而无限，充塞宇宙，个个分离，中间虚空，而自体纯一，不可分剖，故名 Atomoi。结聚成形，相联络而不并合，终复分散，归于太虚，Anaxagoras 之说，与前二派相似，而更有进。万物化成，由于物质，亦曰物种。其类众多，不限于四行，亦异于原子。金石骨肉，各自有其质，差与后世元素相类。其一为心意（Nus），等为物种，然特精微，且能自动，运化诸质，令成万物。Anaxagoras 又明日月食之理；以日为石，运行迅速，因生光热，其大殆如希腊半岛；月为土块，映日有光云。Anaxagoras 初居雅典，或以为毁谤国教，将罪之，亡去得免。

Sophistes 今称诡辩派，本为哲人之称，Protagoras 始用是自号，以教人德业为事。虽重在实践，言行并修，及其末流，又或骛于文词之末，唯当时大师，其思想亦多精微。Protagoras 著书，尝题端曰，神之有无，予所不知，人生实短，盖不足解此难题。雅典人乃流之，并火其书。Protagoras 又以为是非限于主观，故无一定之标准，其言曰，人为万物之度量。凡诸理智，唯有比较而无绝对，怀疑思想，于此可见。Gorgias 谓道德由时代及社会而定，与此意正同。又作文论虚无，以难 Elea 派。虽名理隽妙，然已近于辨，至于后世，遂流为言词之战（Logomakhia）矣。

十八　Sokrates 派　Sokrates（前 468—前 399）生于雅典，父为石工，Sokrates 世其业。中年弃去，从诸大师游，后遂为人师，而不受酬。貌不扬，时人以比 Silenos。行事特异，不以苦乐为念。其说谓世无智人，人以不知为知，唯已自知其不知，故神示以为独胜。唯绝待智慧，神所独有，宇宙神秘，非人力所能测，故其学言人事而不言天道，言道德而不言物理也。其于宗教，虽主保守，而诸神之上，别立 Nus 为造化主，统于一尊。其论道德，以为善即知识。人唯愚蒙，故生罪恶，若知善者，亦必行善，盖善行即益，故知行相属。其教人多用问难，Platôn 著作，即袭其制。Sokrates 之教，重在改革道德，于政教别无破坏，然终不为世俗所容。始于嘲弄，终于怨恨。三九九年 Anytos 等以非毁圣教，陷惑学子为辞，讼

Sokrates，请置重典。二次公判，Sokrates 皆不肯屈，遂定罪，仰药而死。初 Anytos 为鞣皮工，其子逃亡，从 Sokrates 游，终乃沉湎于酒。Anytos 从军，再建民主之治，追念前事，而 Alkibiades 与 Kritias 等为国人所深恶者，亦皆 Sokrates 弟子，故深信其为世道大害，务欲锄而去之。Sokrates 虽不立新说，而后世学术，多由此出，又以身殉其学，益足起万世之景慕。Platôn 作 *Phaidon*，记临终情状，世谓之最伟大之悲剧，良有以也。

Sokrates 不自著书，今唯于 Platôn 著作中，得见大意，Platôn（前 427—前 347）本贵介子弟，多才艺。著有短歌，《咏星》一章，至今为世传诵。年二十，始从 Sokrates 游，前后八年，以问答体作文八篇，然非以讲学，盖拟曲（Mimos）之一类。时 Ekikharmos 与 Sophron 方以是名世，Platôn 爱诵 Ekikharmos 之诗，每寝必置枕下。其 *Llakhes* 等篇，则仿 Sophron，以散文为之也。及 Sokrates 死，Platôn 心境顿变。多作答问，为师辩解，*Apologia*，*Kriton* 与 *Phaidon* 皆是。其《宴集》*Symposion* 一篇，尤杰出，记 Apollodôros 为 Glaukon 述诗人 Agathon 之宴，以寄怀旧之情。真美之爱出于一本之说，亦于此见之。是后著述甚多，今存四十二篇。有 *Respublica* 记理想国制度，后人多仿作之，其影响于思想，力至大也。

Aristoteles（前 384—前 322）者，Platôn 弟子。父尝为马其顿王御医，亚力山大少时，因从 Aristoteles 学。及东征，Aristoteles 遂至雅典，讲学于 Lykeion，无学不窥，公私著述，凡千卷，为后世学术源本。今世所传，多门下札记之本，故多丛杂。唯《雅典法制考》及《诗学》，盖自作。《诗学》已残阙，仅存悲剧之卷，甚多精义。罗马诗人 Horatius 本其旨，作《诗法》（*Ars Poetica*）一书，为后世所重。至十七世纪，风靡全欧，奉为文章轨范也。

第八章　杂诗歌

十九　牧歌 Theokritos　希腊文学，自 Demosthenes 卒后，称衰落时期，凡文学发达，与政治宗教，系属极密。马其顿既胜，希腊施政由人，宗教亦隳废，旧日信仰，潮为外来波流所并，转入迷信。文艺之事，因之不振。且言文分歧，终趋于异，文人颛守古语，用于著作，表现情思，不能自然，又不能直撄人心，振发感兴，故其行亦不远，是亦衰落之一因矣。时希腊俗语，唯用之简牍契箭。逮马可等作《福音书》(*Euangellia*)，志在通俗，乃用以著述。简洁朴雅，为世所师法，其影响随基督教而及全欧。现代希腊语，亦即从此出也。

三世纪后，希腊诗歌，更无巨制。时世变易，亦不复有英雄盛事，足供赞颂。人人所见，止现实之人世，若过去光荣，早成幻景，故史诗凯歌，遂绝嗣响焉。Apollonius 作 *Argonautika*，虽独赓坠绪，而不为世所赏。盛行于时者，乃为短歌（Elegos）与诗铭(Epigramma)。二者起源本古，至是弥益发达，臻于美善，为后世模范。Philetas 生三世纪初，以艳歌名世。题集曰 Battis，盖其妇名也。同时有 Asklepiades，亦有名。诗选 *Anthologia* 中存诗数章。Kallimakhos（前 285—前 247）初学于雅典，后为亚力山大府图书馆长。致力于文字之学，著书八百卷，今唯存 Epigrammata 耳。诗铭者，本冢墓造像之文字，Simonides 稍变其体，唯仍多伤逝之作。Kallimakhos 则以恋爱为之主，选者评为 Myrtos 之花，中满清蜜，而 Simonides 之作，则比之于蒲陶也。

Theokritos（前 315—前 270）亦撰诗铭十三章，然以牧歌（Eidyllion）著闻。古者 Artemis 祭日，牧人作歌相竞，后人模拟其式，因称 Eidyllion Bukolikon 或 Eidyllion Aipolikon。唯所歌亦不尽关牧事，故或释 Eidyllia 为小图画。描写物色，以及人事，诗中有画，论者或以是与浮世绘（Genre）相比。Theokritos 作共三十章，写牧人生活者止十章，六为小史诗，六为抒情之歌，四为偶作，四则拟曲也。其行事已不可考，唯卷首小传，言是 Syrakuse 人，父名 Simikhidas，又据诗铭云 Praxagoras 与 Philinna 子，则 Simikhidas 者盖别名耳。尝学于 Philetas 及 Asklepiades，以牧歌名世云。Syrakuse之地，山川纵横，物色至美，终年受朝日之光，万物欣欣向荣。牧人傍榆柳之阴，吹管吟诗，诉其哀怨，或歌吟角技，以乐佳日。后世或疑非实，然证以现代民谣，文情颇多相似。第三章怀Amaryllis之歌，至今犹不绝于人口。第十章刈禾人吟，则或移录所闻，非出创作，亦未可知也。第二十一章记渔夫梦得黄金之鱼，写水上辛苦生涯，稍带暗淡之色，为集中唯一之作。第十五章名*Adônizusai*，记二中流妇人至亚力山大府观Adonis之祭，诙谐美妙，两至其极，为拟曲杰作，法国至演以为剧，尤最者为第二章，Simaitha见弃于Delphis，因对月诃禁，招其故欢。文美而真，悲哀而诙诡，深入人心，令不能忘也。Theokritos后，有Bion与Moskhos继作。Bion略与Theokritos同时，后为仇家鸩死，Moskhos以诗哀之。二人之作多散逸，今存Bion七章，Moskhos九章而已。

二十 拟曲Herodas Mimos亦云Mimiambos，今称拟曲。源盖出于宗教仪式，与喜剧同。Aiskhylos佚存文中，言Thrakê山母之祭，管弦嘈杂，和以空钟(Bombykes)。远在山间，闻Mimoi声如牛鸣，击鼓象地下雷音。盖本祈雨之仪，祭者变服涂面，用诸法器，模拟事物，以求感应。Dionysos祭，亦有空钟陀螺（Rhomboi）牛鸣板（Kônoi）等，然后世则列之玩物，失其本意矣。Mimoi 初盖类于巫师，后渐转变，止存模拟之动作，更无祈求之意，遂流为诙谐戏谑，正如 Kômoi 之始于村社而化为喜剧也。五世纪初，Epikharmos 以 Pythagoras 派哲人著喜剧，又作拟曲，写民间日常行事。Sophron 继之，所作曲分男女两类，其子 Xenarkhos 则用以讽刺时政，今悉不传。唯 Platôn 答问及 Theokritos 牧歌中，各有数章耳。Hêrodas 著作亦逸，仅存断简二十馀行，至一八九一年，英国 Kenyon 博士发掘埃及古迹，于沙中得芦纸一卷，录其拟曲，凡存完具者七篇。由是 Hêrodas 始复闻于世。其曲皆用跛体（Kholiambos），故文辞不能与 Theokritos 比美，而实写人生，至极微妙。第一章之媒媪，第三章之塾师，皆跃跃有生气，虽相去二千馀年，而读其文者，乃觉今古人情相去不远。第三章记妓寮主人诉麦舟舟子，则模拟辩士口吻以为刺。Herodas 于讽刺诗，亦有深造，自言诗神命之续 Hipponax 之迹也。第四章言医神（Asklepios）之祭，可与 Theokritos 之 *Adônizusai* 方驾。第六章记二妇人私语，虽不过商量服饰谯诃奴婢之词，视若平澹无奇，而文情生动，为世希有，论者以为集中之最。Herodas 行事无可考，唯缘文中有兄弟神（Theoi Adelphoi）之语，知为三世纪人，约与 Theokritos 同时也。

二一　诗铭　希腊诗选，最古者为基督百年前 Meleager 本。六世纪时又有 Agathias，改编为第三本。二人皆能诗，亦自选其作。十世纪时，Constantine Cephalas 重订之。至十四世纪，为东罗马教士 Maximus Planudes 所得，多所减损，分类排比为七卷。君士但丁堡陷后，流入意大利，遂印行，通称 Florilegium。迨十七世纪初，或于古籍中得 Cephalas 原书，乃行于世，是为诗选最善本。所录上起 Sapphô，下及并世作者，其行事多已湮没不可考，唯于此书中，仅存姓氏，与诗俱传而已。Meleager 序自言为此，譬如采集百花，编为花冠（Stephanos），以献其友 Diokles，故称 *Anthologia*，犹云《掇英集》。后世因仍其名也。

诗选中录 Sapphô 诗铭三章，Meleager 所谓花虽不多皆蔷薇者也。其一志渔人曰，渔人 Pelagon 父 Meniskos，以笞笭与棹置垅上，为辛苦生涯纪念，世称墓铭上乘。Simonides 之志斯巴达国殇，尤为世人推重。Platôn《咏星》之外，有《Lais 献镜》一章，亦至有意趣。英国 Garnett 博士译之曰：

Venus from Lais, once as fair as thou,
Receive this mirror, useless to me now;
For what despoiling Time hath made of me

I will not, what he marred I cannot, see.

Theokritos 诗铭二十三章，多佳制。哀 Kleonikos 之死曰，人其稼穑终生，无以不时远游，惟人生实短。嗟汝 Kleonikos，欲得肥饶之地，乃载汝货，发自叙利亚，于大梁（Pleiades）降时浮于海，亦与大梁共沉于海。又题 Kaikos 钱肆一章亦极妙。同时有 Leonidas，多咏海上生活。渔父 Theris 依水为生，有如海鸟，风波不能惊。终乃安眠茅舍之下，如镫之膏尽而火息，别无妇子，但有火伴为造冢。言短意长，可与 Theokritos 第二十一诗比美。又咏纺女 Platthis，亦至悲凉。朝夕纺绩，拒饥寒于户外，或织作达旦，歌以破睡。至岁月尽而劳作亦毕，乃以八十之龄，见幽冥之川水（Okheron）。其诗才似 Theokritos，思想则与 Simonides 相类。所见人生，多为努力苦斗之一面，而终之以永久之安息。诗所谓人当勇往以求往者之国，其道不远，坦直浩荡，无攀逾之劳，迷失之患，虽闭目而行，亦必自达也。美国诗人 Longfellow，尝谓 *Anthologia* 为世间悲哀之书，花冠半萎，青灯垂尽，欢愉之中，亦函哀伤之气。而 Leonidas 之作，盖为最著也。

Meleager 本叙利亚人，长居 Keos，故诗兼希腊东方之风，足为当时文化精粹。诗选序言，以花喻诗，语多精妙。春时二章，歌咏物色，情思美艳，为世希有。尤善作艳歌，尝欲化而为睡，得长守此眉睫，与Platôn之《咏星》相似。又羡环履杯残之得近芗泽，立意皆绝隽妙。至以怀思不寐，冀蚊蚋往扰Zenophila之清梦。或招草虫，令歌吟以解忧，酬以绿韭清露。若蚊蚋得成此功，则当被以虎皮，手执白梃，比之古代英雄，其设想乃至瑰诡。所作志墓伤逝诸篇，亦多哀艳之音。有*Klearista*一章，盖哀新嫁而卒者。Andrew Lang译之曰：

For Death, not for Love, hast thou
Loosened thy Zone!
Flutes filled thy bower, but now,
Morning brings moan!
Maids rodnd thy bridal bed
Hushed are in gloom,
Torches to Love that led
Light to the tomb。

Meleager序中，自比其诗为早发之白色地丁(Ion)，盖谦词，或指早年之作。唯选中又有其自作挽歌，则当为后人续入者也。

Agathias生基督六世纪时，与Palladas及Antipater皆以短歌有名。Palladas谓人生如戏场，或笑或啼，各尽其技。又云，吾裸而入世，裸而出世，始终皆裸，何复劳劳为。Antipater亦云，先知星士，许吾寿三六，吾谓三十亦已足。人生过三十，便为Nestor，而Nestor亦已死矣。厌世思想相同，而及时行乐之意亦寓焉。Agathias亦视死为安息，然诗中较多欢乐之音，唯不及Meleager之强烈矣。所作有诗集《桂叶》一卷，今不传。

诗选中无名氏作，颇多佳句，如Sabinos墓铭云，吾立此石于Sabinos墓上，为昔日恩情记念。吾且求汝于死后，汝幸毋饮忘川（Lethe）之水。忘川者幽明之界，魂饮其水，则忘生前也。又《赠乳香》一章，Garnett博士译之曰：

> I send thee myrrh, not that thou mayest be
> By it Perfumed, but it Perfumed by thee。

最为后世传诵，仿作者颇多。至云Tarsos人Dion卧于此，六十不娶，并望吾父之未娶也。则厌世之言，不异Palladas矣。

第九章　杂文

二二　杂著 Theophrastos　Theophrastos（前372—前287）家本寒贱，而性好学，因至雅典，游Platôn之门。Aristoteles继起，复从之学，及Aristoteles卒，遗命代己讲学于Lykeon，大振宗风，弟子数及二千。学术著作，今悉散逸，唯存《植物学》及《岩石志》。又《人品》（*Kharakteres*）一卷，凡三十章，写人间性格，如谄媚傲慢多言不平诸状，皆至微妙。序言为其友Polykles述善恶人品，而今所存，唯有恶德，盖其序或后人所加，非原本也。凡所形容，既能曲尽世态，又足见当时社会好尚，故甚为今日学者所重。如第四章言傲慢者当盥浴膏沐，或就食时，不许人入，乃与后世礼俗殊异。又第二十八章，记迷信者见鼬过前，必俟他人先过乃行，或投石三以禳之。蛇出屋下，则以为神，为之设祭，皆与今希腊俗信相同。至谓不平者拾遗金，必曰吾前此未尝有所得。多言者相见，辄述夜来之梦；叹古今人之不相及；市上麦贱；异邦人寓居者几何人；二月海宴，可以行舟；天若时雨，当得丰收；为言明年将自耕种，与人世之艰辛；地母祭日，Damippos 所供火炬，其大若何；皆宛然如生，称全书中杰作，后世仿者甚众。喜剧作者 Menandros 为 Theophrastos 弟子，善状人情，为师所赏，尝曰 Menandros 与人生，二者果孰相仿效乎。若以此言转贻 Theophrastos，正亦适合无间也。

Kebes 者 Thebes 人，*Phaido* 篇中有其名，谓是 Pythagoras 派哲人，亦从 Sokrates 游。后隐居故里，仿 Platôn 作答问三章。其一曰《图册》（*Pinax*），言游 Kronos 庙，睹一木榜，上有图画，莫详其谊，有老者为之解说，盖以行道喻人生。Platôn 称 Kebes 为 Philolaos 弟子，此文亦云，献此册者奉 Pythagoras 与 Parmenides 之教，故其说多与二氏合，而以知识为道德，则又承 Sokrates 之旨也。其后有 Phitostratos 作《题画》（*Eikones*），叙画景，别饶意趣。至 Longos 作小说，亦用此法，唯皆为美文，与哲学之问答异矣。

亚力山大时代以后，散文著作，大抵为历史地志。Euhemeros 承 Herodoros 之说，以历史释神话。尝于 Kretas 岛见古冢，有铭曰 Zan Kronu，以为即 Zeus 之墓。Polybius（前 205—前 125）作史二十一卷，记以常言，与文人异趣。Plutarkhos（46—120）撰《名人列传》，凡四十八篇，举希腊罗马古今人物事迹相类者，比较论之，为后世所重。Pausanias约生基督二世纪时，作《希腊志》，详述古迹及风俗仪式，考古者多取资焉。

二三　小说　希腊小说，最先有Aristides编*Milesiaka*，时在基督六世纪前。其初多述古人逸事，借作谈助，与故事（Logoi）同。后或渐改面目，凭空造作，不必实指其人，遂由别史而成小说。盖小说缘起，在于神话，始乃教典。转为传说，言英雄事迹，诵之可知史实，亦可以供娱乐。后信念渐移，则化为童话（Märchen），所叙重在事迹，更不问为何人，是为元始民族之小说。其变化之迹，正犹史诗之于弹词（Ballad）也。今儿童传说故事，多与古代及原人相同，缘其心理状态，本甚相似。迷信，好奇，求娱乐，合此众因，遂生神话，以至嬗变为小说，其源甚古，希腊小说，亦同此例。今言最先者，唯以见于纪载为据，若原书流传，则已悉在基督纪元后也。

Aristoteles弟子Klearkhos作*Erotika*，今佚。基督一世纪时，Parthenius作*Peri Erotikon Pathematon*，列记故事，唯其意止为后人涉猎之用，非由自造，所记事又不完。至三世纪后小说大盛，大都为*Erotika*一类。唯有曰《人或驴》（*Lukias ê onos*）者一篇，成于二世纪初，殊自瑰异。同时罗马 Apuleius 作《变形记》，亦记此事，自言仿 Miletos 派，盖皆改造旧说，故本原相同。今观《人或驴》。则古 Miletos 小说风趣，尚得约略见之。

《人或驴》相传为 Lukianos 作。九世纪时君士但丁主教 Photius 云，曾见 Lukias 所述志怪，为 Lukianos 所从出，而今不传，止有 Lukianos 本耳。Lukias 有亲属善幻，能变形为鸟兽。因赂其婢，窃药自涂，冀化为鸟，误取变驴之药，因成驴。法唯食蔷薇可解，而仓猝不能得，暂系枥中，群盗夜至，并虏之去，转鬻为磨工园丁眩人所有，后诸患难。后于剧场见蔷薇花冠，奔赴食之，乃复人形。近世学者或疑为当时通行小说，非 Lukianos 作，以 Lukianos 著书，多含讽刺，此书则仅记奇事，别无寄托也。

Lukianos（125—200）本叙利亚人，学于雅典，遂留其地，授徒自给。作《神祇问答》《人鬼问答》等，以嘲哲学者及古代神话。有《渔人》一篇，言诸派哲人谓 Lukianos 害道，召爱智女神问之，云实唯伪学为害。遂集全国学者，公判于 Akropolis。伪哲学者相率逾垣遁去，有一犬儒派遗其佩囊，发视之，别无书物，唯金钱投子与芗泽而已。Lukianos 则倚垣垂钓，以一钱一无花果为饵，行道贪人，多上钩，故以是名篇也。又一文曰《卖命》，记冥王鬻诸哲人之魂。Sokrates 得值五千金，Aristoteles 值千，Khrysippos 能诡辩，才值五百。怀疑派 Pyrrho 蠢如蛴螬，以四十金售之，顾仍怀疑，谓恐未必已售，不肯从去。与信史言怀疑派闻往者原之乐，亦甚向往，唯终犹豫不果行者，同一恶谑。《信史》（*Alethes Historia*）者，Lukianos 所著唯一之小说，以古代诗人史氏言多不经，因拟作之。序言书名《信史》，而无一语非诳，已示其意。史述舟行八十日至酒神之岛，为暴风所卷，上升八日而至于月。方与日争太白之岛，血战至云为之赤。舟复返海上，巨蛇吞之，遇老人父子于蛇腹中，共居年馀，拿舟自腮出。终乃抵往者原，古代名人皆在。留数日，发舟过沉沦之岛，见 Herodotos 等以生时作妄语，受罪其中。书至是中止，云后当再言，盖亦仿 Herodotos 体也。Lukianos 本异国人，故抨击希腊宗教甚烈，或谓有基督教影响，亦未必然。Lukianos 著 *Philopseudes* 文中云，唯真与理，可以已空虚迷罔之怖。则固亦当时明哲，非偏执一宗者可知也。

三世纪后小说，今所传者，有 Xenophon 作 *Epheusiaka*。述 Antheia 与 Habrokomês 以违神命远行，为海贼所得，鬻于异国。王女悦 Habrokomês，而女夫亦欲得 Antheia，终复完聚。凡古代小说，大抵以悲欢离合为主旨，中更患难，至极危迫，终借神助而得解免。Heliodoros 与 Longos 作，亦复如此。唯一以结构称，一以美妙胜，皆有特色。Heliodoros 生四世纪中，作 *Aithiopika*，言 Hydaspes 后 Persinê 妊时见石像，生女色白，弃之。有人收养，命名 Khariklea，长为 Apollon 庙祝。Theagenes 悦之，得 Kalasiris 助，挈之出。至其故国，为王所执，将以祭神，而事得白，遂复合焉。相传 Heliodoros 属基督教，为 Salonika 主教。此书成，教会令毁之，否或免官，Heliodoros 愿取其次，终不焚书云。Longos 行事无可考，或以其姓为拉丁语长字，疑是罗马人。唯所作 *Lesbiaka*，则以希腊文书之。通称 *Tettares Logoi Poimenikon Kata Daphnin Kai Kata Khloên*，结构殊简，如弃儿海贼神助会合诸节，皆小说中常见。然善写物色，又言情爱发生，亦纯朴微妙，为后世所赏。或称为希腊尚美主义最后之一人，盖非溢美之词。序言尝至 Lesbos，见神女（Nymphai）庙中绘板，询得本事，因记之，盖犹题画之风。又云，美若长存，目苟能睹，则人亦永无力以避爱神（Eros）之矢。读 Longos 作，颇觉 Theokritos 馀韵，去人未远。二人之咏 Daphnis，亦正相似。Lesbiaka 盖诗人之小说，自有其不可及之处。五世纪时，Akhilles

Tatius 作 *Leukippe Kai Kleitophon*，后又有 Khariton 作 *Khaireas Kai Kallirrhoe*，皆言夫妇离合之事。技巧有进，然优美之致，则远不逮也。

第十章　结论

二四　希腊思想　希腊文化，为欧洲先进，罗马以来，诸国典章文物无不被其流泽，而艺文学术为尤最。故言欧洲文学变迁，必溯源于希腊。虽种族时地，各有等差，情思发见，亦自殊别，唯人性本元，初无二致，希腊思想为世间法之代表，与出世法之基督教，递相推移，造成时代。世之论欧洲文明者，谓本于二希，即希腊与希伯来思想，史家所谓人性二元者是也。物质精神二重关系，为人生根本，个人与民族皆所同具，唯性有偏至，则所见亦倚于一端。故希伯来思想为灵之宗教，希腊则以体为重，其所吁求，一为天国未来之福，一则人世现在之乐也。

英国 Frederick Robertson 论希腊思想，立四要义，曰一无间之奋斗，二现世主义，三美之崇拜，四人神之崇拜。今得合之为二，曰美之宗教，曰现世思想，略言其要。盖皆希腊古代之精神，而后世文艺思潮中，时或隐见，至近来乃益显。新希腊主义（Neo Hellenism）之复兴，实现代思想之特征，至可注意者也。

希腊神话，内容美富，为他民族所莫及。其尤异者，为纯粹之神人同形说（Anthropomorphism）。若依学术研究，溯其迹象，则缘起盖在元始信仰，与野人无殊。遗俗流传，尚多荒诞之说，间亦有以石片木橛为神所凭依者。唯考传说及画像之遗，则神之与人，形性并同，而神特更进于完美。与巴比伦埃及之神，人身鸟首，备诸异相者不同，与希伯来之禁拜偶像者亦异。今世所见希腊造像，如 Apollon 及 Melos 之 Aphrodite，皆极优美，盖唯以显理想之人体美，初无宗教象征也。或问希腊雕刻家 Phidias，何故以人象神，则答曰，以天地间更无他物，具匀齐之美，过于人体故。此与 Elea 派 Xenophanes 之言，正可反证。德国 Winckelmann 著《古代美术史》，有言曰，世无民族重美如希腊人者。诸神之祭祀，皆以少年竞美得赏者为之。斯巴达妇人，恒奉 Narkissos 或 Hyakinthos 之像，求得子之美如之也。少年祷神，至宁得美而不愿得国，可以知一世之风尚矣。Platôn 亦以体美为精神美之发现。《宴集》篇中，记 Sokrates 述 Diotima

言，以为人唯爱美，乃能自一物以及众物，自形色之美，以及美行美意，终乃至于绝对美。以美与爱，乃能导人止于至善，此实 Platôn 美之宗教观，足为希腊思想代表者也。

希腊尚美，以人体之美，归之于神。又重现世，故复以人生之乐归之。其言天地诸神，饮食起居，不殊于人，爱恨争斗，亦复无异。基督教之理想人物，皆圣贤隐逸，而希腊之英雄，则如 Akhilleus 与 Herakles 智美武勇之士，具 Aretê 全德者也。Epikharmos 有诗，述人生四愿，首即富美。Solon 说幸福，以为苟得支体强健，面目美好，子孙茂盛，无疾病灾祸，以至善终，是为全福，皆同此意。死后存在，虽所共信，然 Hades 之地，阴寒润湿，凄厉无欢。死者委弃本形，止存幻影，精力销亡，心意沮丧，声微如蝙蝠鸣，无复人世之乐。故 Odysseus 入冥，见 Akhilleus 自言为死魂之主，无宁居地上为贫子之奴也。Pindaros 作挽歌，则云人世夜时，日出冥土，照临贤者之上。郊原广邈，是生蔷薇，遍地皆赤。树结黄金果，乳香之味，充塞四际。驰马角技，或宴饮歌吟，各自行乐。其说虽与前者抵迕，而现世思想，实出一辙。Homêros 以死为虚寂，故当努力于生时。Pindaros 则欲于死后，得复享现世之乐。往者原之说，正亦由此而出。至或云英雄贤士为神爱宠者，不待蜕化，即得身至其境，则意尤显著矣。盖希腊之民，唯以现世幸福为人类之的，故努力以求之，径行迅迈，而无挠屈，所谓人生战士之生活。故异于归心天国，遁世无闷之徒，而与东方神仙家言，以放恣耽乐为旨者，又复判然不同也。

希腊思想，既具以上二事，复有第三德以节制之，乃能发达极盛，不至于偏。盖其民特具中和之性（Sophrosyne），以放逸（Hybris）为大戒。行藏无不准此，因亦见于艺文。故其文学，有悲哀恐怖之情，而无凶残之景。戏剧亦不明演杀伤事迹，仅以影写出之。其在美术，尤以安闲著称。如雕刻之像，多静而少动。即表动作，亦至微末，多既事而非将事，皆足以见一斑。由此言之，则希腊民族，诚为世界最有节制之民族也。罗马继兴，承其文化，而不能具其德性，故不免于颓废，终又为希伯来思想所克。中世传说，耶稣降生之夜，行人过南意海峡，闻有呼者曰，大神 Pan 死矣，俄而号哭遍于山野。人神（Mangod）既逝，神人（Godman）代兴。至三二五年，罗马皇帝 Constantine 乃定基督教为国教焉。Julian 学于 Maximos 治 Neo-Platonism 哲学，及即帝位，欲复希腊古教。三六三年，亲征波斯，殁于军中，志未得遂。四一五年，基督教徒袭杀女哲学家 Hypatia 于亚力山大府。希腊思想，于是中绝。更越千载，乃复发现，为文艺复兴主因，至于今日而弥益盛大也。

第二卷　罗马

第一章　起源

一　罗马思想　神话　罗马文章与希腊者并称古典文学，为后世艺文模范，唯精神有绝异者。以一语括之，则希腊为尚美，罗马为崇实。故罗马文学，大都朴质无华，无 Homêros 之史诗，亦无 Sapphô 之艳歌，非力才不相及，实气禀殊异，有以使之然也。凡民族发达，率由游牧进于稼穑，复以家族为本元，建立部落，是故国民道德，首尚雄武，罗马所谓 Uirtus，与希腊之 Areta 正同。唯希腊诸邦独立，相联合而不统一，其在个人，亦多自由之气。罗马则结为一国，凡诸国人对于国家，正犹家族之从家长，故特重义分，所谓 Pietas 之德，盖罗马所独具。草昧之世，人民与天物抗争，复御仇敌，以保其生，多历辛苦，罗马民族，感此甚深，乃成厚重之性格（Gravitas）。合是数者为民德，故主保守，重秩序，而尚实用。Cicero 论希腊罗马国民性之差违，以为学问知识，希腊为长，唯于治术，罗马独有其不可及者，所举厚重果毅弘深诚信诸德，良足为之代表。盖罗马事业，本在政治一端。绘画雕刻，大抵模仿希腊，文学亦少独创之美，唯能随在不失其国民性，故亦自有罗马之特色也。

罗马崇实之风，亦见于宗教。其神话传说，虽多受希腊影响，而根本思想，截然不同。美之宗教，非罗马人所能喻，抑亦为所不取，故所重者，止在为政治道德之系维。神人关系，犹家长之于宗子，神责人以从顺，人亦求神以佑助，各尽其分，归于两利。如希腊哲学，纯以求知为本，罗马则重致用。其优礼哲士，所取乃在决疑解惑之功，非以谈玄为贵，其于宗教，亦犹是也。罗马神话十二大神，与希腊诸神，适可相当，如主神 Jupiter，其妻 Juno，其子女 Minerva（工艺女神），Vulcanus（冶神），Apollo（音乐之神），Diana（佃猎女神），Mercurius（宣传之神）次之。Ceres，即地母，Neptunus 为海神，战神曰 Mars，爱之女神曰 Venus。希腊之 Eros，则为 Cupidon，小儿有翼持弓矢，状貌悉同。最末有 Vesta，为灶火之神，希腊云 Hestia，凡祭必先祀之，罗马崇奉尤至，盖家庭之主神也。唯此众神（Di Consentes）乃皆后起，民族所奉，本为耕种牧畜之神。有 Saturnus 与其妻 Ops，司播种收获，后世举以配希腊之 Kronos 与 Rhea，唯希腊仅以象宇宙，与农业祖神大异。次有园圃之神 Vertnmnus，果神 Pomona，花神 Flora，蒲陶之神 Liber，其妻 Libera 并司百谷。山林之神 Silvanus，田野之神 Faunus，为 Saturnus 孙，其妻 Fauna，称善惠女神（Bona Dea），司百物生长，崇奉最至。牧场神曰 Pales，养马之神曰 Epona，降至畛畦有神 Terminus，粪壤有神 Sterculius，则皆为罗马独有之思想，因重农而出者也。Herakles 之在希腊，高贵武勇，为国民理想之英雄，罗马之 Hercules，则为围场（Herctum）之神。即此一端，二者之差可见。自然现象之人化者，如日 Sol，月 Luna，启明星 Lucifer，曙 Aurora 等，略与希腊同，亦信死后存在，而幽冥别无定处，亦不言主者何人。唯谓人死由 Orcus 为政，魂归地下，故地母（Tera Mater）称善女 Mania，鬼祖母（Avia Larvarum），亦曰沉默女神（Dea Tacita）也。民间以时祀其先灵，不异生人。今读墓志文，多以为永久安息，盖以死为长眠，至 Hades 传说，亦行于世，唯本出希腊，非故有者也。

二　原始戏剧　罗马文学，始于韵文，而独无史诗。古时甚重挽歌，又 Cicero 言，罗马宴集，恒歌颂先人事迹，佐以箫管，皆足为史诗基本。第所歌为先世功烈，而非国民传说，故不能流行民间，其歌亦悉湮没。今所存最古之作，唯有颂歌而已。罗马三月（Martius）为战神之月，祭师击盾，歌踊以祈神。所谓踊者之歌（Carmina Saliaria），犹散见古籍中。唯宗教仪式，笃守旧章，历世传授，弥复讹阙，至歌者亦自茫然莫明其意。且罗马人之宗教观念，与希腊异，其举行祀典，但依法定仪文，尽其职分，以待神之报施，不尽本于灵感。故歌辞自阙深挚之情，于后世艺文，亦少影响。唯以时序言之，为最古耳。

希腊喜剧起于村社，罗马亦然。其悲剧一支，纯出希腊，喜剧发达，亦多受外来感化，然自有本源，非全由于移植。原始喜剧，约有三种。一曰禁厌曲（Fescennini），二曰杂调曲（Satura），三曰 Atella 曲（Fabulae Atellanae）。禁厌曲之起最早，多行于秋收或酿熟时，村人聚宴为乐，以歌互嘲，更迭唱和，作诸姿态。原意盖在禁厌，非以嘲笑为乐。凡喜乐庆幸之事，易招羡妒，为“恶眼”所中，故必有以禳之。凯旋及婚嫁时，皆须此曲，命意亦同。古以为亵渎之词，力能破除不祥。Fascinum 一言，即禁厌曲之名所从出，又云木刻生支，小儿悬之颈间，谓可辟邪祟也。

杂调曲之字，源于 Satura Lanx，谊曰满盘。Ceres 与 Bacchus 祭，农人献新果，或诸谷食，杂和而奉之。后引为曲名，言其歌舞笑敖，声音庞杂也，Virgilius

《田功诗》中，言 Ausonia 人民戴木皮假面具，放歌狂笑，以颂酒神。盖与禁厌曲相似，又尝用以禳疫，唯结构，较为完善。及希腊文化兴，遂不复演，唯文人或仿作之。是后发达，成讽刺诗（Satira），为罗马特有之文艺。一篇之中，诗文杂出，诗之韵律亦前后不一，盖犹存杂调馀风矣。

Atella 曲以地得名，至基督前三世纪时，始流行于罗马。其先视优伶为贱业，以奴为之，不得预外事，至是而名门子弟竞习其事，不复以为辱。是曲多演民间滑稽行事，人物类型，约有四种。一曰痴骇（Maccus），二曰髦夫（Pappus），三曰夸者（Bucco），四曰狡叟（Dossennus），各有面具，表示性质，有后世分配脚色之风。后经文人改作，益复发达。曲词虽多散逸，唯观其篇名，如《痴骇为兵》（*Maccus Miles*），《痴骇为女》（*Maccus Virgo*），《髦夫为农》（*Pappus Agricola*），《二狡叟》（*Duo Dossennus*）等，犹能想见其诙谐之精神也。

罗马散文最早者，为《十二章法典》，基督前四五一年，始立十章，次年又益二章，并镌铜以示公众，世称公私法律之源泉。其文至古拙，罗马少年入学，必诵此文，至 Cicero 时犹然，影响于文学者甚大。罗马国民性格之养成，于此文亦甚有关系也。

第二章　希腊之影响

三　史诗戏曲　罗马民族，长于治术，起自草昧，不及五百年，蔚为大国，统有欧亚，然武功盛而文事遂衰。Cato 谓古时不重文术，有习为诗歌，或屡赴宴集者，世以游民目之。盖时势所需在战士，不在诗人也。及前三世纪时，国内统一，日渐强大，奄有意大利之地，国既乐康，乃有馀裕以治文事，又受希腊感化，故文学骤兴。其先罗马与希腊，亦时有往来，且采用其字母，唯别无他效。及二七二年克 Tarentum，希腊文学乃流入罗马，盖罗马第一文人，实希腊人而见俘于 Tarentum 之役者也。

Livius Andronicus（前 284—前 204）本 Tarentum 人，被俘为罗马人 Livius 家奴。主人知其有学，命子弟从之读，并为免其籍，Andronicus 遂兼二姓。时罗马初定，教化未具，学校讽诵，唯《十二铜章》，社会娱乐，则杂调曲而已。Andronicus 乃译史诗 *Odysseia*

为拉丁文，以教学子。又编译希腊戏剧，于罗马大祭（Ludi Romani）时演之，大为国人所好。又作颂诗，令处女二十七人行歌道上，以禳妖祥。罗马人欲酬其劳，始设文社（Collegium Poetarum）于 Minerva 庙中，以 Andronicus 为长。于文学与言语之发达，至有力焉。Andronicus 本常人，别无文才，故造诣殊浅。唯希腊艺文，实由是始入罗马，后世史诗歌剧，无不发源于此，乃其所以为大也。

Livius 之后，继以 Cnaeus Naevius（前 276—前 199）。二人皆致力于戏曲，Livius 系出希腊，业教师，Naevius 则罗马市民，从军布匿，通希腊文言，故所造不同。Naevius 作剧多本希腊，然恒出己意，溷合二剧为一，时见独创之才。又取材本土，立历史剧（Fabula Praetexta）之基本。今就曲名计之，凡作悲剧七，喜剧三十四。盖其性偏喜讽刺，亦以是屡得祸，而卒不改，终被流放，死于异域。又有纪事诗 *Bellum Punicum* 七卷，仿希腊史诗体式，叙布匿战事。前二卷述罗马创国，溯源于 Aeneas，为 Virgilius 前驱。今诗已散佚，仅存断片而已。

Quintius Ennius（前 239—前 169）生于南意之 Rudiae，其地本希腊属土，故史家以为希腊人。唯 Ennius 自谓系出 Messopus，乃未属希腊前王室云。所作颇多，戏曲外有杂咏六卷，史诗 *Annales* 十八卷，最有名。悲剧今存篇名二十有二，多记古代 Ilion 事。其所师法，为 Euripides，于神人关系，生死祸福诸问题，多所讨论。断片中有云，世或有神，但于人事无予。神如有知，当使善人福，恶人祸，而今不然也。又力斥巫师，谓以富贵许人，而得一金之酬。其怀疑思想，盖与 Euripides 相似。杂诗中有 *Epicharmus* 一卷，述 Pythagoras 派诗人四行学说。*Euhemerus* 一卷，又名圣史（*Sacra Historia*）则以历史法释神话，皆可见其明达之思致也，杂咏者，即以杂调曲原语为名。其体或文或诗，或独自对话，或叙事抒情，俱无不可。及后多以寄讽，Satura 之语，遂转变为 Satira，专指一事矣。

Ennius 作 *Annales*，记罗马史事，始自 Aeneas，唯不及 Ilion 出亡，仅言其抵意大利后事，至并世而止。Ennius 作此诗，以 Homêros 自居。云古诗人之魂，转生为孔雀，次为哲人 Pythagoras，再转而为己身。然此非轮回信仰，特自负之意而已。古代史诗，取传说为材，多涉神异，出于自然，若咏后世史实，则不能相合。且恒略古而详今，亦未能匀称。唯其崇高之思，堂皇之词，善能表罗马之伟大，全篇一贯，不愧罗马史诗（Romais）之称也。今所存仅六百馀行，约为全诗四十分之一。复多断缺，唯数章稍完，然相连续者，亦唯二十馀行耳。

第三章　戏曲

四　喜剧 Plautus Terentius　罗马最早作家，皆并非悲喜二种剧，至 Plautus 与 Pacuvius 出，其业始分。Titius Maccius Plautus（前 254—前 184）生于乡邑，至罗马演 Atella 曲，稍有积蓄，去而为商，尽丧其资。复至罗马，贫无以自存，乃佣于磨工家，以馀暇作喜剧，渐见知于世，遂为专业。后世所传 Plautus 曲，凡百数十首，唯太半托名之作。Varro 谓真者仅二十一篇，今所存数，与此正同，第未必皆自作。其曲仿希腊近期喜剧，取材于 *Philemon* 与 Menandros。人地名称，多用希腊之旧，唯间杂罗马风俗。盖罗马人演剧，以希腊为师，自审不逮，因不别创。又第为娱乐计，非欲讥弹社会得失，故取材异国，于事甚便。剧中言及罗马事物，多以 Barbari 一字加之，亦不以为忤。此正所谓希腊衣之喜剧（Comoedia Palliata），与罗马衣之喜剧（Comoedia Togata）异者也。

Plautus 曲所叙为家庭社会两方，不涉政事。其中又可分爱恋，欺诈，离合，缪误诸类。《Casos 女》（*Casina*）与《商人》（*Mercator*）二剧，言父子共争一女，拈阄以决胜负。Menaechmi 兄弟二人，以貌相似，生诸纠葛，为缪误喜剧（Comedy of Errors）之本源，*Amphitruo* 一篇，亦属此类。Jupiter 化形为主人，占其室家，Mercurius 则化其奴 Sosia，拒主仆于门外。Sosia 皇惑，至欲自改其名。及 Amphitruo 为神所击而晕，醒时乃闻其妻 Alcmena 产二子，并神异。此时已非复喜剧音调，Plautus 自称为悲喜剧（Tragico comoedia），为得其实。Alcmena 一身备有罗马妇德，与剧中事迹相反映。当誓别时，呼崇高上帝监临之，其语含讥，达于绝调，可与 Euripides 之 *Ion* 相比也。《小瓶》（*Aulularia*）一篇，述 Euclio 之贪鄙，曲尽其妙。至珍惜爪甲眼泪，人如向之乞“饿”，亦将必不可得。宝护其藏金之瓶，闻邻人锄地而胆战，鸡就近地搔爬，亦痛抶以惩之。较 Theophrastos 所谓贪人见奴拾遗钱于市，亦呼曰半半者，为尤甚矣。又有《俘虏》（*Captivi*）一剧，最为后世所称，则合欺诈与离合二原素以成。据其自序，亦言殊异他作，Tyndarus 冒祸救其主人，终得并免于难。盖有教训之意。对于主奴问题，亦颇受 Euripides 影响者也。

Caecilius Statius（前 219—前 166）本 Gaul 人，被俘为奴于罗马，后得释。与 Ennius 友善，以喜剧名。所作今仅存三百馀行，曲名四十。其中十六，与 Menander 悉同，结构亦法希腊，趋于缜密，不似 Plautus 之每用己意造作。及 Tereutius 出，希腊式喜剧始益备，Caecilius 盖其中介耳。

Terentius Afer（前 195—前 159）生于非洲，幼被掠，卖为罗马元老 Terentius Lucanus 家奴。主人爱其慧，命受学，复落其籍。遂承主人之姓，加 Afer 一字于后以自别。始作《Andros 岛女》（*Andria*），大得 Caecilius 赞赏。是后又作五曲，多取材于 Menander，又率为联曲，合二剧为一。慕希腊文化，欲一见之，遂行，竟不复返，或传其归国时溺于海也。曲中事迹，与 Plautus 作无甚异，大抵爱恋之事，中杂欺诈，终以会合。而制作完善，能得希腊艺术精神。所写社会道德，亦略如前此，唯较有进。子或欺父，然不更益以侮辱，主或责奴，而无复苛虐之刑。即言倡女（Hetaira），亦渐近优美。盖以前喜剧，虽本希腊，亦颇含罗马杂剧之风，Terentius 作，则纯为希腊化之罗马剧，故为更进。唯其剧虽见赏于后世学者，而当时不能谐俗。祭日演《姑》（*Hecyra*）一剧，观者多散去，以为不及蹈絙与角抵佳也。罗马喜剧，至 Terentius 而臻其极，然亦自此绝矣。

希腊式喜剧，不为民众所好，遂有罗马式喜剧者出。所演皆本国社会情事，去希腊之 Pallium 而衣罗马之 Toga，故遂称之曰 Comoedia Togata。结构殊简，状述乡市生活，多以妇人为题材。希腊式喜剧，写奴仆率智出主人上，此则依罗马习俗，多言奴之愚劣。又颇有写实之风，而辞旨时多放逸。有 Titinius，Atta 及 Africanus 三人所作最有名。今皆不传，止存篇目，如《Setia 女子》（*Setina*），《女律师》（*Juris Perita*），《离婚》（*Divortium*），《温泉》（*Aquae Caldae*）等，尚可想见大略。又有所谓 Fabula Tabernaria 者，与此相同，唯所叙皆市肆间事，故以为名也。

Atella 曲起自民间，渐播都会。初唯即兴成辞，互相酬答，大抵为口语，后乃得文人造作，又易文为诗。有 Pomponius 与 Novius 生基督前百年际，所作曲目尚存，约百十馀章，唯文词尽逸。继起者为拟曲（Mimus），即希腊之 Mimos，从南意流入，用作演剧之馀兴（Exodium）。凡 Atella 曲多述乡民生活，拟曲则率叙市井间事。亦有愚夫，称 Stupidus，然别无一定脚色。所演多爱恋之事，而恒涉邪曲，又杂以女优，遂渐益颓败。当时作者，如 Laberius 与 Syrus 等，今尚存断篇，暗讽时事，指点人情，颇亦可观，唯以较 Herodas，则不能及。拟曲虽歌词，而重在姿态，故积久生变，成 Pantomimus。止有动作，更无言辞，于是拟曲复反本源，而为舞蹈，与文学史不相系属矣。

悲剧 Accius 罗马喜剧，尚略有创作萌芽，悲剧则纯仿希腊，故其流不长。Marcus Pacuvius（前220—前130）为 Ennius 甥，又从之学。专撰悲剧。又为画师，故所作不多。存篇目十二，文四百行，多以希腊悲剧三大家为本。学问深博，有学士之称。Lucius Accius（前170—前86）后起，著作较多，凡存目四十一，皆取材希腊传说，又罗马史剧二，并亡失。其文词庄重，故适于为悲剧。人生观则尚坚忍勇敢，时于曲中见之。又咏及田家景物，知天然之美，在罗马文林中，实为第一人也。Accius 后，悲剧遂衰，盖寄寓之文艺，与民心格忤。希腊悲剧，本原宗教，凡叙神人事迹，皆所以阐发人天相与之义，非仅以资游观，故发达特盛。逮在罗马，则异域英杰，不能撄感人心，人生神秘诸问题，又非所欲论，于是感兴漓而艺事亦不振。是后有 Quintius Cicero 等仿作悲剧，唯聊以试笔，不复登于剧场。故悲剧至 Accius，正犹喜剧之于 Terentius，亦盛极而衰矣。

五 讽刺诗 Lucilius Ennius 仿杂调曲作杂咏，

第为诗集之类，至 Lucilius 复一变为讽刺，于是 Satura 之名，亦音变为 Satira，为后世讽刺诗所从出。Publilius Lucilius（前 180—前 103）系出 Campania 名门，游罗马，与 Scipio 等诸显要交往。以与国寓公故，不得预政事，唯旁观既久，见闻所及，时亦感愤，因发之于诗。其家素富有，不借文字自给，又多识当道，不虑得罪，如 Naevius 故事。故得任意讥弹，无所讳忌，甚或直举姓名，Persius 称之曰鞭挞都市。或以为模拟 Aristophanes 则亦止形迹略相似耳。希腊喜剧中有 Parabasis 撰人对观众直接有所陈述，Lucilius 亦用此法。自云，所咏不涉祥异，或飞蛇之事，但记日常事故，或径言衷曲。非求教于学士，亦非以训蒙，但冀告语平人而已。至于二者发达，各不相属。Lucilius 通希腊文字，唯所作未尝因袭古人。虽采用 Satura，与 Ennius 同，而讽刺之精神，又其所独具也。

Lucilius 作讽刺，凡三十卷，今皆散亡，唯就古籍中录得佚文千三百行。为体不一，有独自对语，教谕书柬纪事诸种。所言亦不尽关政事，间记旅行，或宴会游戏情形，后 Petronius 所作，即因此而转入小说，又有数节，论 Pacuvius 诸人文字疵缪。盖其作主讽刺，而仍为杂咏性质。文章不事修饰，多用奇字，然亦别具诙诡之趣也。

第四章　文

六　学术历史演说　罗马散文之最古者，《十二章法典》(*Tabulae Duodecim*)外，有《大编年史》(*Annales Maximi*)，基督前百二十年顷 Mucius Scaevola 所纂，凡八十卷，今悉散失。古时每年大祭师以白简记事，榜之庙堂。Scaevola 亦当时祭师，总录成书。Cicero 谓其内容甚俭，仅记战事日月食及谷价诸节，故不为后代史家所重。及希腊文化流入，诗曲骤兴，以历史为高深学问，非民间必读之书，故用希腊语记之，有 Fabius Pictor 等史家五人，为世所知。唯罗马人士，或以为非。Cato 用拉丁文作史源，于是风尚一变，而散文亦由是兴盛，故后人称 Cato 为罗马文宗也。

Marcus Porcius Cato（前 234—前 149）本军人经济家而非文士，尝诫其子曰，凡文学兴盛时，其国必将衰，故反对希腊文化甚力。所作书亦注重实利，有农事医药演说诸书，总名之曰《示儿篇》（*Praecepta ad Filium*）。又益以法律战术二种，述处世之术殆尽。今所传者，唯《农书》（*De Agricultura*）一卷可考见当时情状，与 Hesiodos 之 *Erga* 并为后世珍重。然文亦不完，书中详言种蒲陶橄榄法，而不甚言五谷，间亦及家政，次第颇陵乱。盖致用之书，初非文艺，唯罗马民族重农崇实之风，则尽见于是矣。

《史源》（*Origines*）凡七卷，首三卷述罗马建国起源，故得此名。末四卷则纪布匿二次，及以后战役。或疑初本别为一书曰《战史》（*Bella*），晚年始成，后人并《史源》合刊之耳。Cato 恶史家多曲笔，赞扬先世或诸显贵功绩，至不书将帅名字以矫之。唯据 Livius 著史，征引 Cato 在西班牙之事业，云出于《史源》，则亦颇有自伐之意。第自 Cato 出而历史始用拉丁文，是为文学上之功效也。

罗马演说之文，亦始于 Cato。其初议政及法堂辨解，行来已久，唯成于急就，亦不著之篇章。及受希腊影响，乃多治辩学，发达益盛。Cato 虽不悦希腊文化，而演说则多师法 Thukydides 及 Demosthenes。所作凡百五十章，今什九亡失。Scipio Africanus（前184—前129）亦雄于词，有观歌舞学校而叹道德之颓败一文，最为后世所知。此他作家，见于 Cicero 文中者，为数甚众，唯著作悉不传。如 Marcus、Antonius 有盛名于时，而虑人捃拾其词，反见诘难，故不复下笔，盖已纯为律师，非复文人矣。

第五章　诗

七　哲学诗　罗马文学，开创于 Andronicus 及 Cato，分途并进，遂有黄金时代（前 70—14）之盛。唯文章发达，尤过于诗。盖凯撒时代，罗马自共和入于帝国，政争方烈，俊杰之士，多倾向于致用，欲自表见，文学趋势，亦因之而变，散文大盛。如 Cicero 之演说，Caesar 之史，Varro 之学术，皆出 Cato 一流。诗则不多见，独有 Lucretius 与 Catullus 二人。一为哲学诗人，乐生而慕死，一则爱恋之歌人，皆于政治生涯，无所连缀，故独立当时，自成一家也。

Titius Lucretius Carus（前 99—前 55）者，Epikuros 派哲人，所著《物性诗》（*De Rerum Natura*）一篇，则其唯物论之世界观也。Epikuros 生基督前三世纪时，当希腊季世，国内扰攘，故创快乐派学说，欲人能不为境地所拘，自得幸福。其说以乐为至善，要在淡泊自处，享清纯之悦乐，避欲望之牵率，以至

"无扰"（Ataraxia）之境，是为人生究竟。故其教人，以隐居怡志为务，而尤在了彻生死。人因愚蒙，不知死后情状，乃由谬解，而生恐怖，挠乱其心，不能宁乐。乃本 Demokritos 原子说，作《自然论》（*Peri Physeôs*）三十七卷，以为一切是原子（Atomoi）合成，无有灵魂，故亦无死后之存在，Epikuros 派哲学，虽易流于为我，又主张无神，颇得后世教徒责难，然其原旨，本极崇高。Lucretius 处罗马纷争之际，超然高举，述先哲之说以励俗，盖亦有深意存也。

Lucretius 行事无可考，四世纪时基督教徒 Hieronymos（St. Jerome）著编年史，记之曰，基督前九十四年，诗人 Lucretius 生。后以饮丹药（Amatorio）发狂，病中作书数卷，Cicero 为之校正。四十四岁自杀云。唯史家多疑之，盖基督教徒或以 Lucretius 诗言无神，故谓为狂易中作，又因属快乐派，遂言服丹药也，征之当时传记，始得定其生卒年代，至一生事迹，则无可考见矣。

Lucretius 之思想，出于 Epikuros，诗则仿 Empedokles，爱憎聚散与适者生存之说，亦出于此。《物性诗》凡六卷，首二卷论宇宙原质与造成之理，为全书根本要义。谓无限虚空中，存无限原子，互相牵引，结聚成形。是诸原子，复具种种形相，以是差别，遂生色味热诸性。次论灵魂（Anima），亦为原子所成，而特微小圆整，团结胸际，分布四体，与外物接，缘生感觉，唯同为物质，与体魄俱散，既不具于生前，亦不存于死后，是故死无足畏，而生乃不可不乐，则养生尚矣。第四卷论五官感觉。五卷论世界庶物起原，因及生物与社会进化，多有精义。原子聚散，而成宇宙。植物出于地，如毛发然，次生兽与人，至地力竭而止。庶类争存，优胜劣败，终如今世所见。次言原人生活，不异野兽，始有婚姻，文化乃启。其论言语宗教，火食用金缘起，多与后世学术相合。第六卷解说天然现象，如雷电龙卷，火山地震原因，并归之于自然力，斥神功说。此全诗之大略也。

Lucretius 以诗说哲理，故由文艺与学术言，皆有至大之价值。法人 Comte 尝分知识为三大时期，一曰神学时代，主信仰。二曰哲学时代，主思索。三曰科学时代，主实验。Lucretius 生于古代，而学识已几达最上一程，如言神学则主无神，物理则主唯物，心理则主感觉，伦理则主乐利，皆甚精深，为世希有。以持唯物论故，乃由厌世，而转为养生。世人为爱欲迷妄所苦，如小儿在暗室中，生诸恐怖，故以诗导之，俾至光明，此为作诗之旨。虽说理之言，每不能成佳句，或用神话象征，间失之晦，而描写景色，体察物情，多极美妙。如卷二述母牛悲鸣，索其为牺之犊，最为世所赞赏。希腊古人之哲理诗，既悉散亡，Lucretius 此诗，遂成独一之作。文辞思想，影响后世亦甚大，Virgilius 其尤著者也。

八　抒情诗　Lucretius 以养生思想，自成哲学诗派，Catullus 之抒情诗，则为当时亚力山大诗风（Alexandrinism）代表也。希腊自三世纪前以来，政非自主，诗歌因亦不振。长篇巨制，不复有闻，唯小史诗牧歌艳歌诗铭诸体，流行于世，大抵抒写情思，复述神话，叙田园事物，或言爱恋。是为希腊衰落期文学，而影响于罗马则甚大。盖政局扰攘，颇有相似，故风气亦自翕合。且史诗剧曲，皆庞然大作，又由国民宗教演化而出，具有希腊特质，模拟极难。亚力山大时代著作，则合东西思藻，和会而成，较为溥博，易得感通，故该撒时代，亚力山大诗派，遂盛行于罗马。Kallimakhos 艳诗，Theokritos 牧歌，势力甚大。此他诗人，亦盛见师法，如 Philetas 之诗集，Aratos 之学术诗，Lykophron 之小史诗皆是。基督前七十三年顷，Parthenius 始至罗马，创立此派。Valerius Cato 之 *Lydia* 盖犹 Battis 之属，Gaius Helvius Cinna 著小史诗 *Zmyrna*，九年乃成，今悉散失，仅存三行。Catullus 则 Kallimakhos 之流，其诗独传于世。

Gaius Valerius Catullus（前84—前54）十五岁能诗。至罗马，与诸名人交游，三十而卒，今传其诗百十五篇。八为长歌，皆催妆诗（Epithalamium），或小史诗（Epyllia）而涉及婚姻者。四十八为短歌诗铭，馀皆抒情诗，为尤佳之作。Catullus 师法希腊，上及独吟诗人诸家，不限于亚力山大一代，故造诣特深。发表个人情思，无所粉饰，深挚朴醇，尤为世人赞赏。尝爱 Clodia，悲欢之情，俱寄于诗。最初投赠 *Ad Lesbiam* 一章，仿 Sapphô 之 *Eis Eromena* 而作，故以 Lesbia 称 Clodia，比之 Sapphô 也。Clodia 者，本 Gallia 总督 Metellus Celer 妻，多行不义，世传其毒杀故夫，拟之巫女 Medea。初亦善遇 Catullus，后复弃之去，Catullus 怨望，诗有云，吾憎且爱，不自知其故。终乃决绝，以诗告别，仍用 Sapphô 诗体。末云，往昔之爱，今已见毁，如野华为犁所触，颓然委地。与 Sapphô 佚存诗中第九十四，词意略同。是后 Catullus 遂与 Cinna 游希腊诸地，取材异国，作小史诗，颇加藻饰，如并世诗人，别无特色也。

Lucretius 与 Catullus 之诗，绝不相似，然足以表示时代精神则一。Lucretius 代表当时怀疑思想，Catullus 则代表享乐之风。其一避世，为深思之快乐派，其一乐生，为任性之快乐派也。Catullus 诗多主行乐及时，实即悲观人世。*Viuamus Mia Lesbia* 一篇中云，日入能复出，吾辈微光灭时，将长夜永眠矣。又《哀黄雀》一诗，固是因人及物，亦悲美之不久存。唯其忧思，本于一身经历，非遍及人世，故 Lucretius 之悲闵，在 Catullus 乃为放浪，然能独成抒情诗宗者，亦正由此。Fénelon 谓为独具 Passionate Simplicity，良为知言也。

第六章　文二

九　演说 Cicero　罗马演说之文，始于 Cato，至该撒时代而大盛。Cicero 为代表，正犹 Demosthenes 之在希腊末世，文章器识，足相仿佛，而得祸亦同。Marcus Tullius Cicero（前 106—前 43）少从罗马诸名师修哲学法律，又通希腊及本国文学，尤长辩学。尝为人辨弑父之罪，作 *Pro Roscio Amerino* 一篇，遂知名。与该撒同为执政官，为敌 Clodius 所构陷，遂亡入马其顿。晚年丧女，因从事哲学著作以自遣。及四十四年，该撒见刺，复返罗马。演说攻执政官 Marcus Antonius 之专横，凡十四篇，后世谓之 Antonianae。次年遂为 Antonius 所杀。Plutarkhos 著《名人列传》，记 Augustus 后读 Cicero 书，叹曰，是能言人，亦爱国者也，足以尽之矣。

Cicero 著演说，今存全文五十七篇，断片二十馀种。又演说论数卷，其一曰 *Brutus*，用答问体，述与

Brutus 及 Atticus 论古今辩士优劣之言，甚足以资考证。所著哲学书，有《神性论》（*De Natura Deorum*）五卷，《极致论》（*De Finibus*）三卷，皆主客语，各据所奉宗派立说，互相讨论。Cicero 所论，率本希腊诸家著述，今原本散失，尚得借此以知梗概。又《国家论》（*De Republica*），《法律论》（*De Legibus*）二书，皆仿 Platôn 论政之作，唯所言制度，非由理想而据事实。盖其最善之国家，即 Scipio 时政体，法律亦以十二章为本，加以修正而已。

Cicero 亦尝作诗，多取神话历史教训为材，今存百数十行。Plutarkhos 传中称为当时最大诗人，然以较 Lucretius 等，乃不能及，或亦诗以人重也。

十　历史 Caesar　Gaius Julius Caesar（前 102—前 44）以军事政治名世，亦善文艺，曾作艳诗悲剧论文，今俱不传。仅存历史二种。一记高卢战事，曰 *De Bello Gallico*，凡七卷。一记国内战事，曰 *De Bello Ciuili*，凡三卷。皆自述经历，颇极简要。Cicero 于 *Brutus* 中，称其不假修饰，自然优雅，如裸露之石像。该撒受议院委任，出征高卢，因纪录成绩，以防反对者之口。一以示有勋劳于国家，一以示进军之故，非缘本己野心，实因形势之不得已。故文词力求切实，不露自伐之气，然颇复枯索，则又简略过甚之故也。内乱纪事，述与 Pompeius 之战，而推本于议院之不和，以自辨白。尔后继该撒而作者甚多，有高卢战史第八卷，传为该撒军官 Hirtius 作。Crisipus Sallustius（前 86—前 36）废编年例，作史五卷，修饰文词，益近雅正。又致意于观察，申明因果，不专以记录为事，较之以前史家，更有进矣。

学术 Varro　Marcus Terentius Varro（前 116—前 27）少时学于雅典，曾任民政营造诸职，又数从军。于学无所不知，圣奥古斯丁盛称其博学多著述，谓毕生不能卒读。所著书都计七十四种，六百二十卷，今仅存《田家事物书》三卷（*Rerum Rusticarum Libri tres*），《拉丁语学》（*De Lingua Latina*）六卷而已。Varro 著作分诗曲历史考古言语物理农学诸类，中有《像传十五卷》（*Imaginum Libri XV*），图希腊罗马名人像七百馀，各系传赞，为图绘书之始，尤为特异。史家 Quintilianus 谓其作杂曲百五十卷，曰 *Saturae Menippeae*。希腊三世纪中，有哲人 Menippos，作答问嘲诸宗派。Varro 仿之作曲，多刺世风衰薄。其篇目如《六十翁》（*Sexagessis*），《早起者》（*Manius*），《人市》（*Anthropopolis*），皆可见大略，而文悉亡失，今仅存六百行也。

《拉丁语学》二十五卷，分形声变化语法三部，今存六至十凡六卷。《田家事物书》为 Varro 八十岁时作。自言从躬耕实验来，欲传布农事智识，与 Cato 相似，而文术更进。全书悉用对语，复以乡村行事点缀之。首卷叙村人俟乡官（Aedilis）于地母庙中，纵论土地耕种之法，已而乡官之仆奔至，知已见杀，于是散去，约明日共临葬事，颇有剧曲之风。次卷论畜牧。第三卷论农家利益，言著者与村民集人家檐下，待乡官选举消息，共说收养鸟兽及蜜蜂方术，旁及花果。迨选举毕，乃各别去。文中夹叙琐事为华饰，故致用之书，亦兼有艺文之美矣。

第七章　诗二

十一　史诗牧歌 Vergilius　该撒既殁，Augustus继起，代 Antonius，立罗马帝国，称奥古斯德时代（前 43—14）文学发达最盛。与前期相衔接，而趋势大异。政治统于一尊，庶民无参议之机，演说于是顿绝。作史者不敢平议时事，则多以古代为限，Pollis撰三头政治史，Horatius 诫之，谓如履隐火之上，遂亦至四十二年而止。言论失其自由，故散文衰歇，而诗歌转盛。奥古斯德喜文艺，尝自制剧曲，又欲联结士人，自固政治上之力，因提倡文术，加以保护。昔日人士，志在经世，或失意无聊，乃始托文词自遣，顾鲜有以此为业者。是时则事势迁易，不复能自奋于政治，于是多改就文学。文士遂为专门之业，得以此存给，故技工亦益进。其为后世所师法，亦以此也。

Publius Vergilius Maro（前 70—前 19）系出农家。父为田家佣，主人喜其勤劳，以女妻之。Vergilius 生

长林野间，甚受感化。游学诸地，终至罗马，习希腊文于诗人 Parthenius，修哲学于 Epikuros 派学者 Siro，又读 Lucretius《物性诗》，思想大进。当时仕进，唯军事法律二途。Vergilius 乃出为律师。而性怯，又讷于言，体复荏弱，不能任重大，遂弃去隐居北方，以著作终老。所作有《牧歌》十章，《田功诗》四卷，《史诗》*Aeneis* 十二卷，并存。其为诗审慎周详，期于至善，《田功诗》之作，需时七年。*Aeneis* 则十一年未成，垂殁时自恨拙劣，命悉焚遗稿。奥古斯德要取 *Aeneis*，命二文人编订刊行，其馀尽逸，有小史诗《蚊》（*Culex*），《海鸥》（*Ciris*），田园诗《叶》（*Moretum*）等，或谓 Vergilius 作，然无明证，故别列于后。

《牧歌》（*Bucolica*）通称 *Ecloga*，语出希腊，但云诗选，以原题如此，后遂仍之。歌仿 Theokritos，即牧人名字，亦俱用希腊式。唯 Theokritos 写 Sicilia 风物，加以美化仍不失真。Vergilius 则意不在写实，但假田园景物，寄其诗美，故诗至美而稍阙自然之趣。Theokritos《牧歌》第七，自号 Simikhidas 与友人共赴村社，Vergilius 本其意，多以牧人自况。四十一年官军收没民田，分授军士，Vergilius 之地亦被收，后请于朝，始得免，故数见于诗。又屡咏其友 Gallus 与 Varus 等，仍诡为行牧者，遂开牧歌因袭之例。后世之 Pastorale，写牧人生活，辄以当时士女寄托其中，实由此起也。第四章世称《救主诗》，作于四十年。乱离之后，希冀太平，言有小儿降生，将使世界复返黄金时代。禾稻遍野，荆棘生蒲陶，槲栎滴甘露。词旨与《伊赛亚书》仿佛，或以为基督诞生之兆。唯一世纪前，犹太思想曾流行于意大利，Vergilius 或受影响，遂以入诗。若为预言，则与中世传说，以 Vergilius 为术士者，同一无稽也。

《田功诗》（*Georgica*）凡四卷，分论耕种树艺，牧畜养蜂诸事。盖仿 Erga Kai Hêmerai 而作，唯取材甚广。Hesiodos 外，多采 Aristoteles 及 Theophrastos 诸人学说，又甚蒙亚力山大时代学术诗影响。如卷一论占候，本于 Aratos 之《神示》（*Diosêmia*），卷三论蛇，本于 Nikander 之《动物学》（*Thêriaka*），卷四则多拟《养蜂书》（*Melissurgika*）。又复参考本土撰述，如官师传说，田家谣谚，无不遍及，而得力于 Cato 与 Varro 二氏之作尤巨。Vergilius 集众家精华，加以锻炼，自成一家之书，其才至伟。盖自 Hesiodos 以降，为学术诗者，多重述学，意不在文，故枯索无兴趣，Vergilius 略仿 Varro 之意，寄学术于文章，务令华实相称，故能具善。论者以为古来学术诗中，唯此一篇，能令后世爱诵不置，盖又高出 Hesiodos 上矣。

Vergilius 本治 Epikuros 派哲学，又极喜物性诗，故其思想之见于篇中者，多相类似。唯 Lucretius 屈于自然，遂以静息为安。Vergilius 则谓当以人力胜天行。卷一言凡事到行，渐流于下，人生如拿舟逆流，其进至缓，稍纵复退。唯力作不懈，终胜一切，得自存于竞争之世。此二者人生观之不同，亦足见时代精神之大略也。Vergilius 爱祖国，生长田间，爱乡村生活，又际战乱之后，目睹民生坠落，深所忧念。故欲提倡农业，振起邦国。《田功》一诗，非第传布农事知识，如《田家事物书》，实并含爱国济世之意，所谓人生劳动之福音也。

Aeneis 十二卷，Vergilius 为歌颂祖国光荣之作。首六卷叙 Aeneas 自 Troa（Ilion）城破出亡，漂流海上，遍历危难，以至意大利，大旨仿 Homêros 之 *Odysseia*。后六卷仿 *Ilias* 述 Aeneas 与 Turnus 战事，盖用罗马剧家作联曲（Contaminatio）故法。卷四言布匿女王 Dido，则多以 Apollonius 之 *Argonautika* 为模范。Vergilius 尝云欲咏 Caesar 战绩，唯近世事实，不适于史诗，故远求之神代。Aeneas 以 Troa 贵胄，承天命合 Latinus 王室，建立新邦，以明罗马之兴，其源已远，非由偶然。该撒时，罗马名家喜言氏族，率推本 Troa，高自位置。Vergilius 乃引 Aeneas 子 Iulus，定为

Iulius 族所从出，以尊 Augustus，而赞美罗马之大业，则又其一事也。Aeneas 为人虔敬厚重而武勇，具罗马诸美德，足为民族代表，故 *Aeneis* 一篇，称为罗马国民史诗。唯文人著作，异于自然之诗歌，故与 *Homêros* 复不能并论也。

《蚊》（*Culex*）相传为 Vergilius 少时作。言有牧人昼寝，为蚊所螫，觉而杀之，乃见一蛇，方将见啮，亦杀之。是晚蚊乃入梦自诉，牧人遂为立碣，报其惠。《海鸥》（*Ciris*）亦小史诗，言 Scylla 化鸟事。皆有亚力山大诗风，与 Vergilius 作不类。

《叶》（*Môretum*）一篇为牧歌。叙农人冬日早起，取火蒸饼，捣菜作齑已，乃出耕，多写实之致。Vergilius 牧歌中，无与此篇相似者。《田功诗》卷一，言农夫夜起，以刀削火炬，其妻梳理羊毳作歌自遣，或煮蒲陶甘汁，以叶掠去釜上浮沫。卷三言灌园老人，春时最先得蔷薇，秋得频果，冬得水仙之华，亦多重理想也。当垆女（Copa）歌舞以招酒客，歌曰，饮酒掷骰，勿念明日。死神附耳而语，云汝善乐生，吾行且至。放旷之辞，亦与 Vergilius 之思想异，故论者以为俱非所作也。

十二　讽刺诗 Horatius　Quintus Horatius Flaccus（前 65—前 08）出身微贱，类 Vergilius。少时游学罗

马，又至雅典，倾心于共和之治。从 Brutus 转战经年，及民师失利，遂亡去。未几复返罗马，穷困无聊，乃始作诗歌，冀得资助。时 Vergilius 以牧歌闻于世，史诗有 Varius，戏曲则有 Pollio 与 Faudanius，虑无以自见，因改作讽刺诗及长短句（Epodi），大抵嘲讽时人。Vergilius 等见而赏之，为言于执政 Maccenas，甚见优礼。Horatius 始得一意为诗，业益进。所著有讽刺诗二卷，长短句十七章，短歌四卷，尺牍二卷，诗法一卷，俱存。

Horatius 作讽刺诗，本仿 Lucilius，唯在帝政之世，又落魄不遇，无缘与显要接，故言不及政治。所刺止于世俗，初亦直书姓名，后渐转变，写类型而不限于个人。能合庄重诙谐为一，故极美妙。Horatius 自称讽刺诗云闲谈（Sermones），示与诗别也。长短句本 Iambos 之一体，始自希腊之 Arkhilokhos 多用于嘲骂之诗。Horatius 始仿作之，用抒情诗体，寄讽刺之意。短歌（Odae）百三章，则即兴写情，诸体悉备。思想多出养生哲学，故诗歌屡叹人生之促，以享乐为第一义。所谓及时行乐，勿顾后来，以世无全福之人也。唯 Epikuros 主退隐，而 Horatius 则谓人当利用天赋之才知，与患难抗，为国人有所尽，乃与 Vergilius 同，盖兼奉 Stoikos 派学说者也。

韵文尺牍（Epistulae），为希腊所未有，Lucilius尝偶一为之，至Horatius始成专书。常并讽刺诗称之曰闲谈，唯二者性质殊异。讽刺诗出于杂调曲，本为民间娱乐，重在通俗，即经转变，旧质仍存，故不避嘈杂粗鄙之辞。尺牍则投寄个人，用语自益雅正，状物说理，皆可应用，不以讽世为限矣。Horatius所著，卷一多言道德，卷二言文艺，微言妙语，错出其中，《诗法》（*Ars Poetica*）本亦尺牍之一，名《致Piso氏兄弟书》（*Epistula ad Pisones*）。论作曲之法，大旨以希腊学说为主，而融会贯通之，影响于后世文学甚大。唯本非学术之书，故无系统，又偏而不全，于史诗抒情诸体，少有说明。诗法之名，乃后人所加，未为当也。

十三　艳诗 Tibullus Propertius　Elegos在希腊本为哀歌，后渐以咏他事，亚力山大时则专以为艳歌，恒用女子名其集，如Philetas之Battis等是。该撒时代，传入罗马，至尔时大盛。故史家Quintilianus云，罗马Elegi可与希腊比美，并举四人为例，即Gallus，Tibullus，Propertius与Ovidius也。

Cornelius Gallus（前70—前27）为Vergilius友，屡见于《牧歌》中。以武功官埃及，后以言行不检，触Augustus怒，遂自杀。所作诗四卷曰*Lycoris*，今不存。

Albius Tibullus（前54—前19）依Messalla，尝从征高卢，而性恶战事，曾言孰始造剑者，其心坚如铁，胜利光荣，亦非所冀，歌咏皆爱恋之事。所著诗三卷，首卷太半咏Delia之歌，次卷则言Nemesis，并女子假名，与Catullus之称Lesbia同。第三卷颇陵杂，或疑是Messalla门下诗人所撰，非一人作也。Tibullus与Vergilius生同时，而不为史诗，亦不言学术。自云以歌求爱，倘不能至，将放诗神而远之。唯又爱田家景物，时有牧歌馀风。然复云芳华遍野，鸟鸣于林，无Nemesis在，亦不为乐，则仍为爱恋之歌人，与他诗人异也。

Sextus Propertius（前50—前16）作*Elegi*四卷。尝爱Hostia，遍历悲欢之境，悉寄其情于诗，如Catullus之于Clodia。第一卷单行，称*Cynthia Monobiblos*，亦以女之别字为篇名。Hostia本诗人Hostius女孙，善歌舞吟咏，行迹殆如希腊之Hetaira也。此诗出后，Propertius声名顿起，Maecenas延致门下，渐转而咏他事，然终不及艳歌之善。诗集卷四，存诗十一章，唯二章言及Cynthia，其二为女子致外书，四为古事诗，说明事物起源。Propertius深通希腊文学，尤喜Kallimakhos，尝举以自拟。Kallimakhos博学多识，著有《物原诗》（*Aitia*）一卷，故亦仿为之，颇影响于后世，Ovidius 作《月令》（*Fasti*），即从此出也。

Ovidius Publius Ovidius Naso（前43—17）在四诗人中最著名，然不因艳歌而因叙事诗，即《变形记》（*Metamorphoses*）十五卷是也。其初学律，以诗集 *Amores* 得名，遂一意为诗。著《爱术》（*Ars Amatoria*），《爱药》（*Remedia Amoris*），《月令》（*Fasti*），《变形记》诸书。基督后八年，忽以 Augustus 之命，徙于黑海沿岸之 Tomi。其获罪之因，据 Ovidius 自述，谓由诗歌与过失二事。盖 Augustus 恶其著爱术，有害世教，又以与 Decimus Silanus 案有关，遂流之绝域。Ovidius 居 Tomi 十年，作《哀愁》（*Tristia*）五卷，尺牍四卷，自白所怀。又仿 Kallimakhos 作讽刺诗，诅其仇。历叙种种凶死，冀仇亦如之。称集名曰《红鹤》（*Ibis*），相传此鸟性淫，故以为名，亦本于希腊也。

Ovidius 诗集中多言 Corrina，唯事迹前后变易，别无一贯之迹象可寻，盖只是泛咏风怀，未尝专指一人，与 Lesbia 等故有异。《爱术》三篇，授士女容悦之术。Augustus 之世，太平既久，风俗渐趋逸乐，Ovidius 此书，颇能表示当时风气。唯世论非之，乃复作《爱药》以自解，文词思致，不复如前，亦未能盖其前失。后终以是得罪，盖 Augustus 虽怒 Julia 之失德，而推究祸始，实原于 Ovidius，故距著书时已八年，终复穷治之也。

Propertius 集中有罗马妇人致外书，Ovidius 遂仿效之，为 Heroides。全文云《列女尺牍》（*Heroidum Epistulae*），凡二十一篇，取材多在希腊，如 Homêros 史诗，三悲剧家著作，及近期喜剧皆是，亦并采并世著述。其书描写心理，至为深彻，又善于结构，简牍之文，乃类戏曲之独白矣。《月令》亦仿 Propertius 而作。每月一卷，先就月名解释意义，决述月内星象节候，祭日起原，多引史迹民俗以证之，甚足为考古之助。Ovidius 著此诗，方及其半，遽奉徙边之命，遂辍笔，亦不复赓续，故今日止存六卷也。

变形传说，本于精灵信仰（Animism），为人类所共通。希腊神话中故多有之，至亚力山大时，始有专书辑录，如 Nikander 之 *Heteroiumena*，及 Parthenius 之 *Metamorphoseis*，今皆不传。Ovidius 著，即袭旧名，亦荟萃众说而成。凡十五卷，二百四十六篇。始于洪荒（Khaos）之化宇宙（Kosmos），次述人化木石鸟兽水泉天象种种故事，而以该撒之化升为星终。末卷申言 Pythagoras 学说，用作左证。然所以得世珍重者，乃在故事，而诗次之。其书搜罗广博，古代传说，多借此得存。文艺复兴时，欧洲文学美术，凡言神话者，几无不以此为本，其影响之及后世，远大甚矣。

第八章　文三

十四　历史 Livius　奥古斯德时代散文发达，远不及诗。辩学故自流行，而言论不能自由，政治演说既绝嗣响，即公庭辩解，或私家讨论，且见拘束。Titius Labienus 以直言得犬狂（Rabienus）之名，官命焚弃其书，Cassius Severus 则被流放。亦颇有治哲学者，以 Epikuros 及 Stoikos 二派为盛，诗人多被影响。Stertinius 以诗述 Stoikos 派学说，成书二百二十卷，今尽亡失。Sextus 父子与 Papirius Fabienus 讲学罗马，皆有声望，唯别无著作行世。学术之书，有 Gaius Julius Hyginus（前 64—前 17）承 Varro 馀绪，著农事养蜂诸书。Vitruvius Polio 仕该撒及奥古斯德两朝，为武库工师，著《建筑论》（*De Architectura*）十卷。首七卷言造公私舍宇方法，末三卷分论水道日晷及机械兵器诸事，虽专门技术之书，而理论多推本于哲学，亦自具特色可观览。Verrius Flaccus 为奥古斯德皇孙师保，作《字义论》（*De Verborum Significatu*），依字母次第论列之，征引甚广，自 Salii 之歌以至 Ovidius，无所不包，故兼有类苑性质。全书已逸，唯三世纪时 Festus 书中，掇录概要，得知仿佛。原本 A 字凡四卷，P 字五卷，盖极浩博之作，实为拉丁语最先出，亦最大之字典也。

历史叙时事，易触忌讳，故作者唯敢记录古事，或赞扬王业。Pompeius Trogus 著通史四十四卷，曰 *Historiae Philippicae*，以马其顿为主，旁及希腊东方诸国。今仅存概要，为二世纪时节本。Titius Livius（前 59—17）作罗马史，历时四十四年，成书百四十二卷，为奥古斯德朝散文独一大著。今存三十五卷，才及四分之一。思想文章，与先代作者并异，可以见时代之精神，故与 Vergilius 之 *Aeneis*，并称当时代表著作也。

Livius 作史，志在宣扬国光，又重修饰，务使文辞华美而弊亦随见。缘爱国，则对于外族，每不能持平立论。又缘自尊，则不肯自承过恶，如罗马背盟，或战胜虏略，辄隐讳不书，或多方辨解以求直。且辑录旧史，不自探讨，或传述异闻，亦不定其虚实，多左右两可之辞。盖 Livius 本文人而作史，故衡以史学，阙憾甚多，然特有史诗传说之趣。奥古斯德朝文风，殆悉萃于一身，而衰落之端，亦见于此矣。

第九章　诗三

十五　寓言 Phaedrus　奥古斯德朝以后，称罗马文学衰落时期。自 Ovidius 与 Severus 见放，Labienus 书又被焚，禁压言论之兆已见。专制之世，势不容自由思想之发生，于是感兴日衰，范围亦益隘，无以挥发情思，文学之事，遂流于游艺。且承盛世之后，名士流风，去人未远，作者即以为法。不复远求希腊，渐益颓靡，文学于是不振。大抵拘牵文句，以技工相尚，或用以歌颂功德。此二者盖帝政时代必然之果，其端已见于 Livius 前，特至是而益著。如 Vellius Paterculus 事 Tiberius，作史称其“神功圣孝”，阿谀无所不至，且并推及其宠臣 Sejanus，即其一例也。

Tiberius 时代罗马诗歌，鲜可称述，唯 Phaedrus 之寓言诗，自成一家，能不为风气所限。Phaedrus（前 15—55）生于希腊边境，被俘为奴，后得放免。作寓言（Fabulae）五卷，多据 *Aisopos*，间亦自造，以讥弹世事。希腊所传寓言，本为民间譬喻，非出一人，多极自然，故非 Phaedrus 所及。唯在罗马，乃未曾有，又当专制之世，诗人缄口不敢言政治，而独能托兴陈词，发抒己见，自为不凡之作矣。

Nero 朝（54—68）罗马文学，稍稍兴盛。Nero 好文艺，常弄翰墨，故一时化之，诗歌各体，皆有传人。Titius Calpurnius Siculus 作牧歌七章，多模拟 Vergilius，寄托亦同。第一章言二牧人见木皮上 Faunus 刻文，预言 Nero 即位，黄金时代将至。第四章则歌咏太平之乐，虽亦本 Vergilius，而阿谀之言愈甚，为尔时所独有也。

剧 Seneca 罗马悲剧至 Accius 后而衰歇，间有文人试笔，亦不复登于剧场。Nero 时 Seneca 作剧九篇，盖止为朗诵之用，唯其影响于后世者，较希腊作家尤大。Marcus Annaeus Seneca（前 3—65）学于 Fabienus，奉 Stoikos 派学说。为 Nero 师保，作《慈仁论》（*De Clementia*）以劝诱之，国内称治。晚年 Nero 渐暴，遂见恶，适 Piso 谋弑事发，罗织入罪，赐死。所作别有哲学论数种行世。其曲取材希腊，而自撰作，与前人编译者不同。合辩学派文章，与 Stoikos 思想为一，故所叙事如 Oedipus 及 Medea 等，皆极凶戾，以死亡为解决，忍苦慕死之风，随处见之。

史诗 Lucanus　Marcus Annaeus Lucanus（39—65）为 Seneca 兄子，以诗受知于 Nero。一日论文争持不下，Nero 怒，禁其宣布著作，亦勿得为律师。Lucanus 遂附 Piso 谋乱，事发被捕，切脉而死。著史诗 *Pharsalia* 未完，诗述 Caesar 与 Pompeius 之战，取近事制史诗，而不杂神话，此作实为最先。其后有 Silius Italicus（25—101），作 *Punica* 十七卷，取材于 Livius 之史，而以 *Aeneis* 为范，第用韵文述史事，未能造成史诗也。

Caius Valerius Flaccus（　—88?）仿希腊 Apollonius 作史诗 *Argonautica*，未成而卒。诗止八卷，述 Iason 航海求金羊毛事，而结构稍异前人。言 Medea 之爱，颇极优美，为世所称。Publius Papinius Statius 生 Domitianus 朝（81—96），以诗名世。所著史诗二种，均取材希腊传说。一曰 *Thebais*，叙七人攻 Thebes 故事，历十二年始成。亚力山大时，有诗人 Antimakhos 作史诗二十四卷，言此事始末，Statius，即据以为本，故颇冗长。起自 Eteocles 兄弟之争，至 Creon 不葬 Polynices，雅典王 Theseus 为之复仇而止。刻画凶戾之事，亦有辨学流风，唯本意乃别有在。Thebes 之役，希腊作者恒引为罪恶循环之征，Statius 则于此极言怨毒之害，以警当世。二子绝兄弟天性，又违 Tiresias 预言，为不义之战，至 Mars 与 Minerva 皆为退避不前。及 Creon 乃更恨及死者，Theseus 始为直之。其非强暴而崇慈悲，颇与基督教旨相类，后世因以为教徒，今亦不能详也。次曰 *Achilleis*，咏 Achilles 一生事迹，仅成二卷。Troa 战起，Thetis 鉴于神示，不欲 Achilles 与其役，匿诸宫中，Ulysses 侦知之，卒劝与偕去。诗所言止此，以后战事，已见 Homêros 诗中，非后世模拟所及，Statius 此作，颇能自见所长，藏其所短。虽残篇亦甚足贵，不以未成为病也。又有诗集 *Silvae* 五卷。Silvae 者，希腊语 Hylê 之译，本谊为木为材，辨学派用以称诗文草稿。Statius 自言即兴赋诗，多由急就，未加修饰，遂以名集。总三十二章，太半酬应颂祷之作，对于君相，每有谀辞，盖当时风气使然。若个人感怀，则亦具真性，如 Lucanus 生日及诸伤逝之作，皆是也。

十六　讽刺诗Petronius　Nero 王朝有 Gaius Petronius Arbiter 作 *Satyricon* 十六卷，其人与文，皆特奇异。Tacitus 著史，称其终日高卧，夜起治事行乐。而富于才，为 Bithynia 总督，以干练著称。为 Nero 所知，大得宠任，令主宰一切逸乐之事，故号 Arbiter。后 Sejanus 嫉之，谓参与 Piso 逆谋，遂赐死。Petronius 置酒作乐，断其脉，时复止之，俾弗遽尽，从容听歌诗，或召奴仆加赏罚，不异平时。又作遗书，疏 Nero 凶行，封钤以进。或谓即 *Satyricon*，则于事理不合。盖全书博大，非旦夕能就，且审核内容，亦第实写世相，非刺 Nero 也。

Satyricon 亦称 *Saturae*，诗文间出，仍有杂调馀风。其体与 Varro 之 *Menippae* 相近，唯 Varro 以一篇记一事，自为起讫，Petronius 则以 Encolpius 为中枢，联书中事迹而一贯之，颇类小说。希腊 Miletos 派著作，有 Sienna 译本行于罗马，Ovidius 文中曾及之。然希腊小说大抵有定式，如弃儿海贼之类，又尚华饰而失真。Petronius 所述为日常生活，有写实之风，又多嘲讽，俱非当时小说所及。讽刺诗为罗马独有之文学，Petronius 书则又其特出之作也。

Satyricon 原本十六卷，久亡失，一六六三年，法人 Marinus Statilius（Pierre Petit）在 Dalmatia 得古写本，中存末二卷。其间复多残缺，唯 *Cena Trimalchionis* 一章最完善，凡五十三节。述 Encolpius 与其友 Ascyltos 漫游至 Cumae，遇辩学教师 Agamemnon，引之赴宴。Trimalchio 出身微贱，积资至巨富，时时设宴款接士流，自附风雅，而言行鄙倍，不改故常，食客则极意逢迎之。描写性格，各极其妙。德人 Bücheler 谓盖取法于 Theophrastos 之《人品》（*Kharak-*

teres)，而复过之也。其叙述宴会情状，足见当时浮华风气。如蒸野彘以进，膳夫猎衣操刀抉其腹，有画眉鸟飞出，旁有射鸟者执竿以俟，即复捕得之。或奉大筐，中伏木刻孔雀，探藁出卵以享客，则和粉为卵白，中置斑鸠一羽。Trimalchio 好与客谈文，伪仆伤臂，即兴赋诗。自言有希腊拉丁文图书各一库，而演 Homeristae 时，述 Troa 故事，错杂无序。谓 Ajax 与 Achilles 争 Iphgenia，因发狂。优人演 Ajax 者，乃骤前切蒸犊，以剑刺肉进客。皆极诙诡美妙，古文学中，殆鲜其匹，唯 Hêrodas 拟曲，差可仿佛。然拟曲以简洁胜，*Satyricon* 则近于小说，故叙说详明，形容世相，益得尽致也。

Persius Juvenalius　Aulus Persius Flaccus（34—62）亦作讽刺诗，而不用杂调体，与 Petronius 异。幼丧父，受母姊覆育，疏于世事。后从 Cornutus 受学，奉 Stoikos 教。仿 Lucilius 等为讽刺诗，仅成六章，卒后其师校正刊行之。Lucilius 生民主时代，得自由言议。Horatius 溷迹世间，熟知社会情状，故能深抉隐微，加以讥讽。Persius 作诗，则仅以寓教旨。所刺亦多抽象事物，于世人无所专指，故辞意不及前人，唯崇高真挚，是所独有。操行亦特清纯，在 Nero 朝诸诗人上也。

Decimus Junius Juvenalis（60—140）行事不可考，后人所作传共十三篇，而纠纷违迕，愈不能通。但于Martialis诗中，知其素治辩学，至中年始为诗，有讽刺诗五卷，凡十六章。当Domitianus王朝，道德废坏，故侈邪僻之风甚盛，识者以为忧，乃寄其意于文字。文有Tacitus所作史，叙政事之弛落，Juvenalis则以诗刺民间失德。自言厌闻神话史诗，不愿更作，而遍观世间，又多讽刺之资，故复不能不作。少时为之剪发者，今已致巨富，有数十贵族之产，以是不平，发为诗歌。哀善士之困穷，讽刺世俗种种恶行尤力。亦常直举姓名，如Lucilius所为，然大抵已殁之人，鲜及当世人物。传言卒以诗忤优人Paris见放，唯其本末，今亦未详。

诗铭 Martialis　Lucius Valerius Martialis（40—104）初依Annaeus氏，及Seneca败，乃以诗干公卿为生。Domitianus知之，召为宫廷诗人。初作诗集二卷，皆格言联句，为投赠题识之用者。一曰《酬酢》（*Xenia*），咏食品，一曰《贡赋》（*Apophoreta*），咏庶物，自马骡鸡豚，以至一盖一梳皆具。物虽琐屑，而辞句甚警策，后并入全集中，为第十三十四两卷。Martialis以诗铭（Epigramma）著名。其先Seneca与Petronius偶亦有作，各止数章。Martialis始有专集，共十二卷。其酬应庆吊之作，多谀辞，谢侍宴诗至谓愿辞 Jupiter 而就 Domitianus。又多有放佚语，世颇病之。唯叙罗马当时风俗，类极详尽，可资考证。其诗之精妙者，言简意深，可与希腊作家比美，而墓铭尤佳。有题六岁女子 Erotion 墓诗云：

> Rest on her lightly，O Earth，lightly she rested on thee.

可为一例，Meleager 之 Aisigenes 墓铭，亦无以过也。

第十章　文四

十七　论文 Seneca Plinius　Nero 朝散文作家最著者，为 Seneca 有论文十二篇，尺牍百二十四篇，自然现象研究七卷。Seneca 奉 Stoikos 派说，而不喜言学理，故论文多涉道德问题，示人处世之法。亦非自有主张，但随时立论，主于利用。如作《慈仁论》以讽 Nero，或议其聚敛，则作《幸福论》(*De Vita Beata*) 自解。晚年欲归隐，作《安息论》（*De Otio*）。又见 Paulinus 以世务劳形，则作文《论人生之短》(*De Brevitate Vitae*) 以喻之。《自然现象研究》（*Quaestiones rerum naturalium*）七卷，分论日光虹霓雷电水雪雹风地震彗星等，多用问答或尺牍体。盖缀集群言而成，可见当时学术思想大概。Lucretius 诗曾云，日之直径可尺有半。至 Seneca 已谓日大于地，且知地震起于火山，彗星循轨道而行，较百年前知识，已大进矣。

Gaius Plinius Secundus（23—79）本贵胄，历官

显要，而性好学，虽饮食或行旅时，不废诵读。随手札记，积稿百六十册，后为海军大将，值 Vesuvius 火山暴发，驰赴之，欲观其状，为烟气塞息而死。其子整理遗稿，得《日耳曼战史》二十卷，《罗马史》三十一卷，《投枪法》一卷，《文法》八卷，《自然史》三十七卷，今唯《自然史》存。

《自然史》计序言目录一卷，《天文学》一卷，《欧亚非三洲地志》四卷，《人类学》一卷，《动物学》四卷，《植物学》八卷，后十八卷论草木鸟兽金石可为药物者，工艺美术附之。虽以《自然史》为名，性质实同类苑。据自序所记凡二万事，而辑录众说，不加决别，并收志怪之言。如记非洲部落，有荫足之民（Sciapodae）能举足障日。无口之民（Astomi），齅花果之香味以生。又言海中多异物，盖生物原子，受水风动荡，相结成形，故颇信神怪。唯其影响甚大，中古时欧洲诸国，率以此为知识渊源，至近世实验之学兴，始渐废也。

Marcus Fabius Quintilianus（35—96）初为律师有声，又以辩学授徒，一时名人，多出门下，如小 Plinius 及 Tacitus 皆是。论学以道德与文章并重，故感化及于后世者甚大。晚年为 Domitianus 皇孙师保，授 Consul 勋位。所作有《辩士教育》（*Institutia Orato-*

ria）十二卷，虽专门之书，而以道德为言论本源，言辩学乃推本于蒙养。卷一论小学教育，较量家庭与学校之影响，多有精意，故又为后世言教育者所重。

Gaius Plinius Caecilius Secundus（62—113）本Plinius外生，Plinius卒无子，乃继其后，世以小Plinius称之。仕Trajanus朝，为执政官，有谢表一篇今尚存。又尺牍十卷，末卷为任Bithynia总督时作，实奏疏之类，后附批答。与寻常行世之尺牍不同，可考见当时情状。

历史 Tacitus　Publius Cornelius Tacitus（55—135）出于贵族，历任要职。初习辩学，及Domitianus末年，睹政事隳落，乃改治历史。作史二部共三十卷。又《Agricola传》（*De Vita Julii Agricolae*）一卷，述妻父行状，虽多谀辞，而简洁优美，为传记文上品。又有《日耳曼志》（*De Germania*），详载地理人类物产制度宗教等，后世治神话民俗学者，于此甚得裨益也。

《史记》（*Historiae*）十四卷，书Flavius朝事，今存四卷半。《纪年史》（*Annales*）十六卷，今存十二卷，则上稽前朝Julius诸帝。Tacitus尝言将作史陈过去之苦辛，以证今日之太平。因推而上之，拟更作奥古斯德一代之史，未成而卒。而所谓太平时代，将于晚年写成之者，亦终无记录。Tacitus作史，意在标揭善恶，为世惩劝。唯恶每多于善，故常不胜愤慨，而于内乱尤所痛心。史叙 Cremona 之劫略云，未尝为外寇所害，而毁于内乱。又评焚 Capitolium 云，是为罗马建国以来未有之耻，主神 Jupiter 之灵庙，先人所建，以镇守邦国者，虽异族胜军，亦不敢犯，今乃以二帝之狂易，一旦毁之云云。可以见其意矣。

Suetonius（75—140）为小 Plinius 友，屡见于尺牍，又以学士（Scholasticus）称之。所著杂书曰 *Prata* 盖类苑之属，今已亡失。又有《名人列传》（*De Viris illustribus*），分诗人演说家哲学者辩学家文法家六类，今存末卷，及诗人传三章，即 Terentius，Horatius 与 Lucanus 也。《帝王列传》（*De Vita Caesarum*）十二篇，记该撒至 Domitianus 诸帝行状甚详，可与 Tacitus 史互证。Tacitus 作史最重义法，慎于取材，尝谓琐屑细故，不能入史，止足登之日报。而 Suetonius 则掇拾浩博，饮食谈笑之微，亦并详录，别有可取。又记诸人容貌极详尽，后世据以考证古罗马诸帝造像，甚得其益云。

第十一章 杂诗文

十八 诗 Ausonius 罗马自 Hadrianus 即位，至于东迁，四百馀年间（117—526），文艺鲜可称道。盖希腊文化，渐复流行，希腊文人如 Plutarkhos 及 Lukianos 等，皆出此时。罗马皇帝 Marcus Aurelius（121—180）治 Stoikos 派哲学，亦用希腊文著书十二卷，自述感想，其后 Julianus（331—363）亦然。又自九十八年 Nerva 殁后，帝位归于外族，民种愈杂，国民精神，渐失统一，文艺遂亦不振。间有作者，大都客籍之民，已非复纯罗马人矣。

二世纪时，有近代诗人（Poetae Neoterici）者出，改作诗体，力求单纯，唯所作传世极少。Nadrianus 亦能诗，属此派，有《小灵魂》（*Animula*）一章，问魂将何往，乃自悼之类，情辞宛转，独具美致，非仅因人而得存也。又有《爱神之夜祷》（*Pervigilium Veneris*）一篇，不详撰人姓名。Hadrianus 复兴 Venus 之祭，春时歌舞迎神，以祈长养。此篇咏其事，凡七节九十五行。纯朴诙诡，如古 Fescennini 曲，述物色之美，又似 Vergilius。每节末有重言云。

Loveless, mayst thou love tomorrow;
Loving, still tomorrow love.

英人 Walter Pater 以为此盖当时民歌，诗人采掇入诗，又足之成全篇也。诗本为迎春而作，故多欢愉之音。唯末节云，鸟鸣于泽，或白杨之下，而吾乃沉默。吾之春时，何日方至，吾乃得如燕子，不复喑乎，则转入惆怅。此盖纯为个人抒情之词，与民间赓歌，故复不同也。

Decimus Magnus Ausonius（310—395）生于法国之南方，初治辩学，为 Bordeaux 大学教授。后入为皇子师保，以功得官，进至执政。时罗马已以基督教为国教，Ausonius 因亦改宗，唯其诗别无宗教感化，大抵自述身世之作。有《日务》（*Ephemeris*）一卷，记日常行事颇详。又诗铭一卷，《伤逝》诸什最佳。

Claudius Claudianus（365—404）本希腊人，居亚力山大府，后至罗马，习拉丁文，作诗多记当世大事。以前代名人为师法，故文辞雅正可观。Rutilius Namantianus 系出高卢，生五世纪初，有诗二卷。希望太平，欲合天下为一家，犹有罗马精神。唯时局纷纭，日益离散，终有东迁之事，而罗马国民之诗，亦遂至 Namantianus 而绝矣。

十九　小说 Apuleius　罗马末期散文著作，几于尽出非洲。Juvenalis 诗已言亚非利加为律师诞育地。其来已久，至是乃益著。Marcus Cornelius Fronto（100—175）生于 Numidia，讲学罗马，曾为 Aurelius 师，官至执政。著尺牍五卷，尚存。Aulus Gellus 为 Fronto 弟子，又游学雅典，治哲学。归后编定手记，成书曰 *Noctes Attici*，凡二十卷，自宗教哲学，政治制度，以至博物考古，史传文学，无不毕备，而论文法字义者，尤为后世所重。其书虽近类典，然大率设为友朋谈论之辞，以联贯之，盖袭用 Varro 等之成法也。

Apuleius 以百二十五年顷生于北非洲之 Madaura。游学希腊，尝至罗马为律师。后行旅过 Oea，识嫠妇 Aemilia Pudentilla，随娶之。妇家不许，讼于官，以为妖术媚惑，Apuleius 乃作《论辨》（*Apologia*）以自解。后定居 Carthago，专事著述讲演，甚得国人敬重，至为之造像焉。讲学宗 Platôn，作书二卷阐明其说，又有《英华集》（*Florida*）一卷，自选演说文二十四首，为学子模范。唯其杰作，则为小说《变形记》十一卷也。

《变形记》（*Metamorphoses*）一名《金驴》（*Au-*

reus Asinus），记人因幻术化驴，终以神力得复人形，与希腊小说《人或驴》（*Lukiase onos*）事迹相类，自言仿 Miletos 派小说而作。九世纪时君士但丁主教 Photius 云，曾见 Patras 人 Lukias 所述志怪，为《人或驴》所从出。盖古时本有此说流行民间，为 Milesiaka 之一种，Lukianos 与 Apuleius 皆据以作书，各有增损，故颇复不同。《变形记》言 Lucius 行旅至 Thessalia，寓亲属家中，其妻 Pamphile 善幻，能化鸟飞去。Lucius 请于其婢 Fotis 窃药自涂，误化为驴。仓卒不得解药，暂伏厩中，入夜盗至，并虏之去。遍历诸难，后一心祈 Isis，神乃现形，令食蔷薇花环，得解，遂受戒为 Isis 教徒。殆 Apuleius 自道，故书中初以 Lucius 为希腊人，至末乃言是非洲 Madaura 人。其结末殊庄重，与希腊小说异，盖游戏之作，而转为譬喻，别有寄托者也。

《变形记》概要，与《人或驴》相同，而描画益详，且多羼入故事，如卷一 Sokrates 之死，无鼻人之自述，Lucius 之杀三酒囊，皆极诙诡可喜，盖亦取之 Milesiaka，借作藻饰者也。驴自盗窟遁出后，为 Charite 家奴货诸方士，又展转为磨工园丁游兵庖人所得，多阅世故。书中记其见闻，多涉人世罪恶，如卷九记妇人行诈事四，卷十记谋杀事二，皆极凶戾。唯文情幻化，不与实世相接，故不令读者生怖，且时杂滑稽趣味，或转入优美庄严之世界，如《爱与心故事》，及 Isis 戒仪，皆 Apuleius 书所独有，较之《人或驴》，殊胜之矣。

《爱与心故事》（*Fabula de Psyche et Cupidine*）本希腊童话，经文人编述为 Erotika 类小说，Apuleius 又采掇入书，赖以得传，影响于后世文学美术甚大，或演绎之，以为言爱之譬喻，唯此实后起之说。初本出于原始民俗，在传说中，属破禁（Broken Tabu）类。列国多有其说，第见于文章，则此为最先。故名亦最著。缘其说既可供民俗学之考证，又经文人润色，独具优美之致，复与民间传说不同也。

二十　基督教作者　圣保罗生一世纪时，本犹太人，隶属罗马，奉基督教，终生奔走，以传道为事。用希腊文作《与罗马人书》，存《新约》中，实为教徒功首。尔时罗马文化渐就零落，人心摇动，及闻天国之义，遂多起而从之，至三二五年，Constantinus 乃定基督教为国教。Plotinus（204—270）本希腊思想，和以东方密宗，立 Neoplatonism。作《九卷书》（*Enneas*），宣传谊旨，一时归者颇众，势足相抗。四一五年，宗徒 Hypatia 为耶教徒所杀，此派遂绝。基督教之势力，遍于欧洲，罗马实为中枢。宗教著述，盛极一时，故记罗马文学，以基督教作者终焉。

基督教著作，初多限于护教。三世纪时，St. Hippolytus 曾列举旁门之说，凡三十四家，其时论辨之烈，可以想见。及宗信定于一尊，始渐有文学出世。St. Ambrosius（340—397）为主教，笺释《创世记》。又仿 Cicero，为文论牧师职分。St. Hieronymus（331—420）以拉丁文译《旧约》及《福音书》《使徒行传》等，为后世圣书定本，即所谓 *Vulgata* 是也。St. Angustinus（354— 430）生于 Numidia，少时放逸不羁，偶读圣保罗书，遂改行，归基督教，后进职至主教。作《忏悔录》（*Confessiones*），述少时情事极美妙，为自叙（Autobiographia）类中杰作，不仅以宗教得名也。

第三卷

第一篇　中古与文艺复兴

第一章　绪论

一　希腊思想与希伯来思想　自西罗马亡，至文艺复兴，历年千馀，称曰中古，为希伯来思想最盛之时。其时列国分立，屡兴兵革，民无所托命，遂多悲观，愿脱离现世以得安息，于是基督教势力，风动一时，教徒事业，在自度度人，灭体质以救灵魂，去人世而归天国，以苦行断食，祈祷默念，为专一之务，恐理知有妨信仰，情思发动，又足为向道之累，故艺文学术，无不屏绝。哲学亦降为神学之婢（Handmaid of Theology），属于学林（Schola），教徒专攻之，大抵附会曲解，非复希腊罗马时哲学，能研求真理者之比矣。又据《旧约》书说，以为人性本恶。世人得此教训，则或入苦行（Asceticism），或为玩世（Cynicism），趋向虽不同，而否定人生则一，更不以扶植文化为志。故史家名此期为黑暗时代也。

基督教徒以天国为归宿，现世则试验之地（Probatio），所在有撒但（Satan）诱惑，引人入于魔道。诸凡美与悦乐，皆即罪恶之饵，禁戒唯恐不严。个人之肉体，尤为入道障碍，用诸苦行以克制之。如十二世纪时，伊大利有高士 Santo Francesco，敝衣疏食，日日以铁索自鞭其身，即其例矣。故希伯来思想，纯为出世之教，与希腊之现世主义正反。然虽相反，而复并存，史家所谓人性二元（The Pagano-Christian dualism of human nature），不能有偏至者也。故凡理想与实在，个人与社会，理性与感情，知识与信仰，或体质与精神，皆为此二者之代表，互相撑拒，以成人世之悲剧，而人生意义，亦即在斯。即文艺思想消长之势，亦复如是，而其迹在中古为尤著也。

中古时希伯来思想，虽陵驾一切，而异教精神（Paganism），出于本能，蕴蓄于人心者，亦终不因之中绝。一与事会，辄复萌发。故封建制度与宗教狂信（Fanaticism），合为十字军，而骑士文学，亦从此起。Trobador 继作，歌神圣之爱，不违正教，然发抒情思，已不安于枯寂。游学之士（Clerici Vagi），身在教会，而所作《浪游之歌》（*Carmina Vagarum*），则纵情诗酒，多恻艳之辞，殆纯为异教思想。及东罗马亡，古学西行，于是向者久伏思逞之人心，乃借古代文明，悉发其蕴，则所谓文艺复兴（Renaissance）是也。凡此变迁，皆人生生力之发现。时地有异，故形式亦殊，然其乐生享美之精神，则固同出一本者矣。

第二章　异教诗歌

二　各国史诗　欧洲民族，其重要者，可分三族，一拉丁，二条顿，三斯拉夫，其下又有分支，颇为繁杂。唯借宗教之力，为之维系，故文化常能一致，欧洲中古文学，亦以教会为根据，唯各民族之原始文学，因此又多湮没，盖仪式赞颂之歌，非依信仰保持，不能存在。基督教兴起，旧日典礼既废，礼拜歌词自亦绝于人口，故古代颂歌，无得而闻焉。神话史诗，存于今者，亦已极少，略举概要如下：

一　英国史诗 *Beowulf*，其文义云蜂狼，谓熊也，为古北欧英雄。诗记其人为丹麦王杀巨人 Grendel，后五十年，又为民除火龙之害。初本短篇，流布北地，及英人渡海，定居不列颠，此歌亦与俱来。后人集录，汇为长歌，凡三卷四十二章。今所传者为七世纪写本，已多后世基督教人修改，然其精神，则固为古条顿人之信仰。Beowulf 将与巨人战，恐不敌，曰，倘其死也，命之所定，人孰能逃命（Wyrd）。此委心任命之意，即与基督教思想异者也。

二　德国 *Hildebrandlied*，本 *Dietrichsaga* 中之一部。叙 Hildebrand 浪游三十年，归途遇其子，不相识，因相决斗事。今存六十九联，为八世纪时教徒所录，首尾已不完。此他犹咏 Hildebrand 之歌，唯属于武士文学，与此不同矣。

三　北欧 *Edda*，有新旧二种。伊思阑人 Snorri Sturlusson（1178—1241）初集神话传说及诗法，为书曰 *Edda*，盖出于 ódhr 一字，义云诗。至一六四二年，Bryniolf Svensson 发见一书，亦同此名，疑是十二世纪时人所编，遂名之曰《旧 Edda》，而以 Snorri 所编者为新书。《旧 Edda》凡三十三篇，史诗居三之二。其中数章经后人纂乱，然古代条顿人之风俗思想，多赖以传。Snorri 又著《家乘》（*Heimskringla*）一书，本为历史，而所录多传说，为后世文人所重，常取材于此焉。

四　俄国自古有故事诗曰 *Bylina*，皆叙古英雄事迹。最有名者为《Igor 之歌》，记一一八五年 Kiev 王 Igor 攻南方回族败归之事。时虽已归基督教，唯精灵信仰（Animism）之迹，仍甚明显。Igor 之败，草木悲凉，伏地哀叹。念日神（Dazhbog）子孙失其威荣，屈于强暴，此后时光，更无欢乐也。Igor 妻 Jaroslavna 歌尤佳，对于风日川流，各抒哀怨，纯朴优美，本诗中即比之鹧鸪之悲鸣云。

五　Celt 族天性爱美而善感，富于诗歌。Arthur 传说，起原 Wales，言六世纪时与英人战事。后流转入英法诸国，合于武士文学，影响远及后世。Celf 族优美之思想，亦多借是以传。此他著作，则以言文隔绝，少知于世。

此外各国民歌俗谣，虽采录之事，近世始盛，然发源皆甚早。与乡村传说，同其源流，历代口传，以至今世，其中含有异教思想者不少。是皆民间文学之留遗，而后世诗歌小说之发达，亦颇借助于此也。

第三章　骑士文学

三　英雄诗　中古欧洲，因基督教之力，信仰渐就统一。封建制度，亦方盛行。以此二大势力，互相调和，造成时代精神，即世所谓骑士制度（Chivalry）是也。终则发为十字军，信神忠君，重武尚侠之气，悉发挥无遗蕴。当时文学，乃大被影响，而生变化。盖骑士生活，本多瑰奇之趣。当时人心，又久倦于枯寂，喜得此发泄之机会，以写情绪。此诗歌小说勃兴之所由来，而教徒文学，亦以此稍衰矣。

各国古代，皆有行吟诗人，如希腊之 Rhapsôdos，或寄食王家，或游行各地，歌英雄事迹为生计。及基督教流行，此业渐衰。十字军兴，基督教之武士，一变而为史诗之主人，遂复盛行于世。盖事迹既甚适于小说，其制度又为当时政教之结晶，故甚为当世爱重。诗多类似，大抵以战斗为主。其人多犷野，然与杀伐时代之精神，实相一致。兹举其最著者如下：

一　法国史诗（Chanson de Geste），述 Arthur 外，多咏 Charlemagne 君臣事业，以 *Chanson de Roland* 一篇为最胜。七七八年时，Charlemagne 南征，班师过 Ronceveaux，为土人所袭，后卫皆战殁，Hroland 其一人也，诗为十一世纪中叶所作，述此事始末，唯以 Basque 为亚拉伯人，故与当世思想尤相合。

二　西班牙之 *Poema del Cid*，盖仿法国史诗而作。叙 Ruy Diaz de Bivar 与回教徒战事。亚拉伯人敬畏之，故称之曰主（Sidi），即 Cid 字所从出。诗亦千一百五十年顷作。

三　德国之 *Nibelungenlied*，十二世纪作。叙 Siegfried 之死，与 Nibelung 族之亡。Siegfried 杀龙事，又见于《英雄书》（*Heldenbuch*），盖传说中常见之事，至其死于 Brunhild 之报复，则出《旧 Edda》也。

四　英国史诗 *Brut*，为 Layamon 著。十二世纪中叶，有 Geoffrey of Monmouth 著《不列颠诸王史》，谓 Aeneas 子 Brutus 始至不列颠，建立邦国。法人 Wace 采译为诗曰 *Brut d'Angleterre*。十三世纪初年，Layamon 复编译为古英文，言 Arthur 王事特详。至 Thomas Malory 以散文作 *Morte d'Arthur*（1485），会萃众说，益臻美备，为 Arthur 传说之渊薮矣。

四　抒情诗　战争之诗歌，终复渐就衰颓，转为咏叹恋爱冒险之事，遂有 Epopée Courtoise 者，代 Chanson de Geste 而兴。其所取材，亦多在 Arthur 一派，于是 Celt 优美之思想，势乃大张。诗中人物行事，不复犷野如前。且对于女子之意见，亦复一变。昔以女子为罪恶之源而憎恶之，为人类之弱者而保护之，亦无所谓纯洁高上之爱者，时乃崇拜甚至，视为慈惠爱情之化身。昔以为 Eva 者，则一转而为圣母。人世爱情，乃至微妙不可测，神圣不可犯。此种思想，散布全欧，好武之风，移于尚美。美之崇拜，乃入于神秘主义（Mysticism），而抒情之歌，终代叙事诗而兴起焉。

抒情诗之作，法国为盛，然实承 Provence 馀绪。当十二世纪中，为 Provence 文学最盛时代。诗人曰 Trobador 太半贵族，有歌人曰 Joglar 者，受其诗，行吟各地，传扬作者声名。诗分讽刺（Sirventes）艳歌（Chanso）二种，以神与爱为诗材。主臣之分，推及于爱恋之事，诗人竞唱（Tenso），以女子为主裁，不异于武士之角技（Tornoiement）。盖由其地气候温和，土地肥沃，民生乐康，情思丰富，故能有此，且自由之思想，亦有以助成之。唯终以宗教冲突，有 Toulouse 之役（1218），文化奄然俱尽。是时法之 Trouvere 与 Jongleur，乃继承而发扬之。在西班牙则有 Trovador 与 Juglar，皆出于 Provence 诗派。德之 Minnesinger 亦群起于 Swabia，英自昔有 Scôp 与 Gleoman，唯其遗迹仅留于 *Widsith* 及 *Deor* 二断片中。至十三世纪末，行吟诗人复兴，而多模拟法国，以 *Alysoun* 一篇为最佳。今所称《北风》（*Blow Northerne wind*），《鹧鸪》（*Sumer is Ycumen in*）两章，则皆出俗谣，非诗人创作也。

第四章　异教精神之再现

五　Aucassin et Nicolete 与浪游之歌　中世基督教严肃思想，束缚人心者剧甚，于是渐生反动。骑士文学，转为 Trobador。诗歌，人间情爱，遂为文艺本质。唯其外观，与教宗仍若不甚违忤。当时传说（Legend），亦多似之。如法国古德 Abelard 之爱 Heloise，后世传其简牍，情绝纯挚。又有德国歌人 Tannheuser 入爱神之山（Venusberg），久而厌倦，返求法王宥罪，不得而死诸说，皆是也。此诸著作，虽语有检束，不尽其意，而是认人生，反抗出世教之精神，已显然可见。至法国 *Aucassin et Nicolete* 一篇，乃直言无所隐饰，几纯为异教思想矣。

Aucassin et Nicolete 为十二世纪半作。诗话间出，故文中自称 Chantefable，盖弹词之属，为古文学中所希见。书叙 Aucassin 悦 Nicolete，而其父 Garins 伯爵阻之，谓敢娶 Nicolete 者，当被诅祝，坠入地狱。Aucassin 终不听，谓不欲居天国，与衰癃之长老伍。惟愿偕 Nicolete，与世之学士文人，美人豪杰俱入地狱中云。现世思想，已极彰著。英人 Walter Pater 论之曰："中古文艺……复兴时，人人欲得心之自由，求理性与神思之发展，是时有一极大特色，即非礼法主义（Antinomianism）是也。其反抗宗教道德，寻求官能与神思之悦乐，对于美及人体之崇拜，皆与基督教思想背驰。其尊崇爱恋，如新建宗教。是盖可谓之异教诸神之重来。如古传说所言，Venus 未死，但匿居山穴，时至复出。是馀诸神，亦仍往来人世，唯变服为……种种状而已。"Aucassin 之语，最足为此乐生思想代表。《浪游之歌》，亦复如是，而其书又出于教徒，则尤足注意者矣。

《浪游之歌》（*Carmina Vagarum*）不详著者姓氏，盖诗选类，今存十三世纪时写本，为 Bavaria 教会旧藏。游学之士（Scholares Vagi）各国皆有之，遍历欧洲名都，以求学问，初不限于一族。唯所作诗皆用拉丁文，又仿中世工会（Guild）之例，共奉 Golias 为师，自称 Goliardi。游学者本属教会，故诗亦多仿宗教颂歌体式，唯其内容，则为诗酒爱恋三者，背弃宗信，脱略礼法，以乐生享美为人生目的。谓酒家之可尊，过于圣庙。此基督教 Clergi vagi 之歌，与 Anakreon相去乃已不远。可知希腊思想之萌动，盖出人性自然，初不尽由模仿也。

《浪游之歌》太半言爱恋，唯既非骑士文学中之女子崇拜（Gynacolatria），亦无神秘思想，但以为生人之爱而歌之耳，凡所赞叹，亦皆官能之美。有 *Lydia Bella* 及 *Saevit Aurae* 诸诗，咏人体美，最著名。*Gaudeamus Igitur* 一篇，于送葬后歌之。言人生实短，死后归于虚无。故当及时行乐。更不信有来世，亦不信有灵魂。其思想与当世信仰制度，已不相属，复归于异教精神，开文艺复兴之先路。《浪游之歌》，本一时寄兴之作，亦非别有主张，唯言养生享乐，保持人性之本然，则与文艺复兴时人间本位主义，实相一致。故观于此诗，已大可见新时代之趋向也。

第五章　文艺复兴之前驱

六　意大利 Dante Petrarca Boccaccio　意大利文学，在中世殆无所表见。盖其国袭罗马之遗，封建制度无由树立，故骑士诗歌略无所闻。Provence 诗风虽盛行，顾皆模拟而少特色，唯 Guido Guinicelli 及 Guido Cavalcanti，稍有声望。其民族势力所储，乃别有在。古希腊罗马之文化，涵养人心，造成时势，遂有文艺复兴之盛，而以三人为前驱。Dante 作《神曲》，Boccaccio 作《十日谈》，立意大利诗文之极。Petrarca 为最后之 Trobador，振兴抒情之歌，又为提倡古文学之第一人，尤有功于世。

Dante Alighieri（1265—1321）为 Florence 世族，奔走国事，不得志而殁。少时受 Provence 诗派影响，多作抒情诗。尝爱 Beatrice（de'Portinari），作诗颂之，成集一卷曰《新生》（*Vita Nuova*）。其言爱情，本为 Trobador 一派，后以 Guinicelli 感化，转入密宗（Mysticism)。以为美善合一，故崇 Beatrice，近于神明，而爱则入圣之功也。又作《神曲》（*La Divina Commedia*），寓其思想，为世界名著之一。诗凡三部，记罗马诗人 Vergilius，导之梦游三界事。先过地狱界（Inferno），下陷如杯，分九层，有罪者列居其次，末层至隘，居极恶者三人，为卖耶稣之弟子 Judas，刺该撒者 Brutus 及 Cassius，与撒但共处。次至净罪界（Purgatorio），为一山，分七级，居者视忏悔之力，次第上升，顶即乐园。最后至天国（Paradiso），善人所居，Beatrice 出迎，引之使对上帝，此其大略也。神游幽冥之说，古多有之，*Odysseia* 及 *Aeneis* 中，皆言其事。Dante 未见 Homêros，故举 Vergilius 为导，亦以其诗赞颂罗马，与己之政见相合故也。《神曲》自昔称难解之书，笺释不一，据其所著《王国论》（*De Monarchia*）考之，约略可通。大意谓政教并立，皆以福民为事。王者以人智治国，使人能守哲理道德，得现世之福。法王以神智化民，引人入于宗教信仰，得久远之福。Vergilius 为人智之代表，故导 Dante 至乐园而止。Beatrice 则为神智之代表，乃能导之入天国。其言极恶者举 Judas，盖以其卖基督教主故，Brutus 等，则以杀罗马第一君主故，即因其破毁政教故也。诗中悔罪受福之说，大抵出于 Thomas Aquinas 之神学，今不具论。Guinicelli 言美善合一，亦本 Aquinas，故 Dante 思想实合烦琐哲学与 Trobador 诗派而成。《神曲》一书，虽为譬喻（Allegoria），用以宣传奥义，唯所重仍在 Beatrice。故其为此诗，亦正以言神圣之爱，犹作新生之意也。

Francesco Petrarca（1304—1374）父为 Florence 律师，与 Dante 同以国事被放，流寓于法。Petrarca 遂自幼承 Trobador 之影响，学为诗歌，又治古代文学。父死无所依，入教会为长老，唯仍专心学问，作诗不辍，诗之本源，与 Dante 相同，并出于情爱。尝识一武士之妻曰 Laura（de Sade），思慕之情，均寄于诗。而 Laura 旋卒，人世之爱，转为灵感，中心永慕，如对神明。Dante 之于 Beatrice，殆可仿佛，盖并出密宗思想。又极喜古学，游行各地，搜访拉丁古文著作，不遗馀力。身为教徒，而甚崇古代异教文化，尝自言其所处境地，在 Augustinus 与 Vergilius 之间。盖其神往古昔，欲使基督教与异教思想，得相调和，意至深切，于文艺复兴之运动，实大有力也。

Giovanni Boccaccio（1315—1375）亦 Florence 人。幼从父业商，弃而学律，复不惬意，改治希腊文学。与 Petrarca 友善，亦致力于古学。著作甚多，以小说为最善。*Filocopo* 仿 *Aucassin et Nicolete* 述古时传说，

为中世散文小说之始。*Ameto* 则 Longos 一流之 Pastorale，写理想之牧人生活。*Fiammetta* 言女爱 Pamfilo，而其父召之归去，因自陈哀怨。盖实 Boccaccio 假此发抒己意，为后来自叙小说之源本。《十日谈》（*Decamerone*）尤有名，为其绝作，书言一三四八年顷 Florence 大疫，有士女十人，避地村落间，述故事以消长日。人各一篇，凡十日，共一百篇。会萃众说，假设事迹以联贯之，古昔多有此体，如印度之 *Panchatantra*，亚拉伯之《一千一夜》，皆是。Boccaccio 盖仿为之，所收小说，亦非尽出己作，率取材于故事俗说，而一经运化，无不美妙。叙述仿 Apulcius，间或失之不庄。唯其清新愉乐之精神，乃能于阴郁之中古时代，开拓一新方面，功绩甚伟，不仅为意大利散文开祖已也。

英国 Chaucer　英国有 Geoffrey Chaucer（1340—1400）系出北人（Norman），以王事使法意诸国，遂仿其诗风，作诗数篇。晚年作 *Canterbury Tales*，虽仿《十日谈》，亦自具特色。诗言有巡礼者三十一人，集于旅次，共赴 Canterbury 大寺。途中各说故事，以慰岑寂，而所作只二十四篇。其序言一篇，写旅人风采言动，颇极其妙。William Langlend 于十四世纪中叶，作 *Plowman Pier* 一诗，述梦见农夫 Piers 导之寻求真理，遍历诸境，终得神智。亦譬喻体，与《神曲》相似，然非出于模拟。描写世相，特可推重，至其非难教会行事，已张宗教改革之先声，与 Wyclif 并称。英自北人入国。言语纷歧，Wyclif 译《新约》，流布民间，英语之势始张。至 Chaucer 而大定，立近世文学基本。而革新之机，则仍来自意大利，距 Chaucer 之死，已百年矣。

第六章　文艺复兴期拉丁民族之文学

七　意大利　文艺复兴发端于意大利，渐及法德英西诸国。顾其势力在意最盛，前后历十四五两世纪，各国则略迟百年。其后虽就消沉，而精神深入人心，造成伟大之文学，至十八世纪后半，始复变焉。

一四五三年，土耳其王摩诃末二世取君士但丁堡，东罗马之学者，避地于意，挟古文书与俱，是为意大利文艺复兴之始。德人 Gutenberg 始作活字板（1435），英意荷兰继之，是为文艺复兴势力流布之始。唯此皆已著之事迹，至其发动之精神，则仍由国民之自觉，实即对于当时政教之反动也。邦国争长，各以纵横机诈相尚。教会信仰渐失，而威福转加。各国行吟诗人等，对于教徒之不德，久多讥刺之词。且严厉之 Asceticism，厌制人心，久不可堪，而法王教正，复不能为超人间之卓行，作人民模范。则怀疑以生，旧日宗信，渐渐动摇。久蛰之生机，俄忽觉醒，求自表见。终乃于古学研究中得之，则遂竞赴之，而莫可御矣。基督教欲灭体质以救灵魂，导人与自然离绝，或与背驰。而古学研究则导人与自然合，使之爱人生，乐光明，崇美与力。不以体质为灵魂之仇敌，而为其代表。世乃复知人生之乐，竞于古文明中，各求其新生命。此文艺之盛，所由来也。

十五世纪中，意大利治古学者极盛，志在调和古今之思想，以美之一义贯之，Platôn 之学遂大行。真美之爱，同出一源，与中世 Trobador 所讴歌，颇有相似，世多好之，如 Petrarca，即先觉之一人也。Marsilio Ficino（1433—1499）则注毕生精力于此。Cosimo de'Medici 祖孙，提倡最力。Lorenzo Il Magnifico 于讲学之馀，多所著作，仿希腊牧歌式作 *Ambra* 等诗数章，甚为世所称。当时文士，多游其门，如 Pulci 与 Sannazaro，皆是也。

Luigi Pulci（1431—1487）为 Lorenzo 挚友，著 *Morgante Maggiorre*，取材于传说，而文特诡异。对于教会，似疑似信，赞扬与嘲骂间出。论者纷纭，不能明其指归。大抵当时人心趋向，颇与此相类，是诗足为象征。又以诙谐美妙，颇得世誉，为后来谐诗之宗。Matteo Maria Boiardo（1434—1474）之 *Orlando Innamorato*，亦记 Orlando 事，而敷叙故事，别无新意，后 Lodovico Ariosto（1474—1533）作 *Orlando Furioso*，即汲其流，咏中世之骑士，而著想陈词，不为时代所限。至引希腊神话，以为藻饰。书阅十年始成，在今视之，虽仅如古锦绣，止有色彩悦目，然影响于当时文学则甚大。叙事之诗，于是复盛行。唯武士制度，既就衰废，Pulci 与 Ariosto 等，又以诙诡之词，润色其诗，后之作者，多仿之为假英雄诗。Teofilo Folenga 作 *Orlandino*，则竟以武士为嘲笑之具矣。Jacopo Sannazaro（1458—1530）作 *Arcadia*，为后世 Pastorale 之模范。虽其先 Boccaccio 著 *Ameto*，唯影响所被，不及此书之广大。*Arcadia* 一篇，盖实集合 Theokritos 与 Vergilius 二者而成，尤足为古典文学之代表也。

Niccolo Macchiavelli（1469—1527）著《帝王论》（*Il Princep*），立意大利散文之则，简洁明晰，不事修饰。唯其提倡权谋，虽重私德，而公德则不论是非，但以利害为准，议者以为诡辩之词，适足为暴主所利用。或又比之 Swift 之谕仆文，以为假反语以刺时政。然亦唯对于法王之治，稍有微词，别无讥讽之迹可见。盖 Macchiavelli 之为此书，不过聊寄救国之忱，据当时情状，固不能求同志于齐民，唯有期诸执政者也。稍后有 Benvenuto Cellini（1500—1572）自传，多大言，而质白率真，不违人情。后世比之 Rousseau，亦文学之瑰宝也。

Ariosto 之后，有 Torqua to Tasso（1544—1595），为诗人 Bernardo 子。初学法律，而性好文学，游 Alfonso 门下。作 *Aminta*，写一诚信安乐之理想世界，与权诈奔竞之现世相照。又仿 Ariosto 为史诗曰 *Gerusalemme Liberota*，纪第一次十字军救耶路撒冷圣地事。当时宗教改革之反动，与文艺复兴之馀波，结合而成此作。描写人情，又极巧妙，世有胜于所师之誉。Tasso 作此诗，本至虔信，而察教会之意，似尚不惬。因发狂易，自疑为外道，奔遁于路，后复返 Ferrara，又疑僚友嫉妒，力与斗，遂被幽于寺七年，乃得释。狂疾偶已，辄复著作。又十年卒，而意大利十六世纪之文学，亦与之俱就结束矣。

八　法国　十六世纪法国文学，亦兴于宫廷。Francis 一世有女弟曰 Marguerite（1492—1594），首仿意大利 Sannazaro 之 *Arcadia*，为 Pastorale。又仿 Decamerone 作《七日谈》（*Heptaméron*），多嘲弄教徒之不德。庄谐杂出，而终以教训。廷臣 Clément Marot 致力于抒情诗，为七星派先导。七星（Pléiade）者，Pierre Ronsard 与 du Bellay 之徒七人，结社治古文学，以移译仿作为事。一五四九年，始宣言改良俗语，用之于诗。虽或仍事雕琢，有失自然，唯其主张，欲根据古学，利用俗语，以求国民文学之兴起，则甚有益于后世也。

Francois Rabelais（1490—1552）初依教会，而性好学，乃去而学医。一五三二年著 *Chroniques Gargantuiues*，叙一巨人事迹。次年续作 Pantagruel，颠到其名字，自署曰 Alicofribas Nasier。其词诙谐荒诞，举世悦之，唯荒唐之中，仍含至理。Rabelais 以真善为美，对于当时虚伪恶浊之社会，抨击甚力，因晦其词以避祸。巨人 Pantagruel 生而苦渴，唯得 Bacbuc 圣庙之酒泉，饮之乃已。Panurge 欲取妻，不能决，卜于圣瓶之庙（La dive Bouteille），而卜词则曰饮。言人当饮智泉，莫问未来。渴于人生，饮以知慧，此实 Rabelais 之精义。其顺应自然，享乐人生之意，亦随在见之。书中文多芜秽，则非尽由时代使然，盖蓬勃之生气，发而不可遏，故如是也。Michel de Montaigne（1533—92）隐居不仕，作论文一卷。乐天思想，与 Rabelais 相似，而益益静定。格言有云，吾何所知，足以见其怀疑之精神矣。

九　西班牙　西班牙文学，至十六世纪始盛，唯多模仿古代及意大利之作，Jorge de Montemayor 之 *Diana Enamorada*，其最佳者也。Diago Hurtado de

Mendoza（1503—1575）本为军人，后转任外交，一五五三年著 *Lazarillo de Tormès*。其后 Mateo Aleman 继之，世称 Picaresco，颇足见当时社会情状。道德颓废，习于游惰，教会诡辨盛行，以伪善隐恶为正，人人俱欲不劳而获，于是欺诈之风大张。Lazarillo 即为之代表，其人洞悉世情，乘间抵隙，无往而不利。及 Quevedo 著书，则意思深刻，文词雅驯，而讽刺锐利，可与前之 Lukianos，后之 Swift 相并，尤为不可及也。

Miguel de Cervantes Saavedra（1547—1616）作小说 *Don Quixote*，为世界名作之一。论者谓其书能使幼者笑，使壮者思，使老者哭，外滑稽而内严肃也。Cervantes 本名家子，二十四岁从军与土耳其战，负伤断其左腕。自 Messina 航海归，为海盗所获，拘赴 Algiers，服役五年脱归。贫无以自存，复为兵者三年。后遂致力于文学，作戏曲小说多种，声名甚盛，而贫困如故，以至没世。所著小说 *Galatea* 及 *Novelas Exemplares* 等，皆有名，尤以 *Don Quixote* 为最。Don Quixote 本穷士，读武士故事，慕游侠之风，终至迷惘，决意仿行之。乃跨羸马，被甲持盾，率从卒 Sancho，巡历乡村，报人间不平事。斩风磨之妖，救村女之厄，无往而不失败。而 Don Quixote 不悟，以至于死，其事甚多滑稽之趣。是时武士小说大行于世，而纰缪不可究诘，后至由政府示禁始已。Cervantes 故以此书为刺，即示人以旧思想之难行于新时代也，唯其成果之大，乃出意外，凡一时之讽刺，至今或失色泽，而人生永久之问题，并寄于此，故其书亦永久如新，不以时地变其价值。书中所记，以平庸实在之背景，演勇壮虚幻之行事。不啻示空想与实生活之抵触，亦即人间向上精进之心，与现实俗世之冲突也。Don Quixote 后时而失败，其行事可笑。然古之英雄，先时而失败者，其精神固皆 Don Quixote 也，此可深长思者也。

第七章　文艺复兴期条顿民族之文学

十　英国　英国十四世纪有 Wycliff，开 luther 之先，Chaucer 继 Petrarca 及 Boccaccio 之绪。唯二人皆先时而生，后无绍述。直至百年后，始有 John Colet 者，为 Oxford Reformers 之一，以提倡古学，改革宗教为务。而意大利之文学，亦由 Wyatt 与 Surrey 二人传入英国。Thomas Wyatt（1503—1542）以王事使意，因得熟知古拉丁及意大利著作，始仿 Petrarca 为短歌(Sonnet)。其徒 Henry Howard Earl of Surrey（1517—1547）继之，又译 *Aeneis* 二卷，初用无韵诗（Blank Verse)，后世作诗曲多用之。二人生时不自梓其诗，至 Surrey 死后十年，有书贾 Richard Tottel 刊 *Miscellany of Songs and Sonnets*，二氏之作在焉。时颇风行，仿者甚众。Sidney 之 *Astrophel and Stella*，与 Spenser 之 *Amoretti* 及 *Epithalamion*，皆称名作。同时翻译之业亦盛，如 Thomas North 之 *Plutar Khos*《名人列传》，

George Chapman 之 Homêros 史诗，Thomas Phaer 之 *Vergilius* 皆其尤者，Ariosoto 与 Tasso，亦有译本。其影响于新兴文学之力，盖甚大也。

Edmund Spenser（1552—1599）学于 Cambridge，与 Sidney 为友。初作《牧人月令》（*Shepherd's Calender*），分十二月，各系牧歌一篇。或为寓言，或为怨歌，或颂女王，或嘲教徒，不一其体，而外形仿古代之 Pastorale。又作 *Faerie Queene*，今存六章，欲假譬喻以示人生之准则，书颇仿 Ariosto 及 Tasso，唯人物则非游侠英雄，亦非十字军武士，所言皆圣洁和平诸德，而冠以人名，终乃纷错，不可甚解，唯其诗至美。Spenser 对于人生，虽怀 Puritan 之意见，然亦受 Platôn 思想与意大利文艺影响，故其思严肃而其文富美也。*Amoretti* 与 *Epithalamion*，皆结婚时所作，为艳歌之最。四年后以爱尔兰之乱，室被兵燹。幼子死焉。移居英京，困顿而卒。

Philip Sidney（1554—1586）为女王 Elizabeth 朝重臣。后战殁于 Zutphen，初不以文学名。作艳诗及小说一卷，至殁后始有人为刊行之。其咏 Stella（Devereux）之歌，情意真挚，为世所称。小说曰 *The Countess of Pembroke's Arcadia*，亦 Pastorale 体。纯仿希腊著作，纪述山林韵事，不如后人之影射时事也。书中事迹综错，论者谓分之可为二十说部资料。文辞亦多修饰，而甚为世人所喜。是时又有 John Lyly（1554—1606）作 *Eupheus* 二卷，乃尤过之。多用双声对偶。譬喻典故，或曼衍成数十百言，或精炼为骈句。举世靡然从之，模仿其言词以为美，世称 Eupheuism 焉。Lyly 之书，本意亦在教训，对于当时侈靡之风俗，攻难甚切，唯为文词所掩，后之人无或措意于此矣。

Thomas More（1478—1535）亦 Oxford Reformers 之一，为 Henry Ⅷ所杀。以拉丁文作 *Utopia*，述理想之国，与 Rabelais 之 *Thelema*，Bacon 之 *Nova Atlantis*，同出 Platôn 之 *Respublica*。唯 More 致力于信仰，Bacon 致力于学问，Rabelais 则以人生为主，辅以学问信仰，以底于完成之境，此其异也。Francis Bacon（1561—1621）又作论文五十八篇，世与法之 Montaigne 并称，文句简炼，而流畅则逊之。

英国戏曲起源，与欧洲各国同，并由中古之宗教剧出。每当令节，教会宣扬圣书故事，以喻人民。徒言不能甚解，乃假为书中人物演之，曰 Liturgical drama，实由 Dromenon 变为 Drama 之过渡也。所演为《旧约》故事，自创世以至末日裁判，或基督一生事迹，自降生以至复活，称神秘剧（Mystery），或演古德奇迹，称奇迹剧（Miracle）。至十三世纪初，演剧之事，乃由教会移于工商行社（Guild）。每行各有Patron Saint，率于每年祭日，演其毕生行业，以大车为台，游行市中，曰Pageant。十五世时，譬喻盛行，于是转入戏曲，饰善恶为脚色，以教道德，而道德剧（Morality）以生。又缘枯索无味，则假Vice演为滑稽之言动，以助兴趣。继复引申之，别成一节，曰Interlude，后或分立，成喜剧焉。曲词作者，初皆无主名。十六世纪中，John Heywood始作Interlude甚多，有*The Four P's*最有名。而当时所谓大学才人The University Wits者，亦仿罗马Plautus与Seneca诸人，著作渐盛，至Shakespeare出，乃集其大成也。

英国之有剧场，始于一五七六年，James Burbage之建The Theatre至Shakespeare自创The Globe，已在一五九九年矣。剧场大抵外作六角形，两傍有廊，以居贵客，馀皆露立。台上覆瓦，悬毡为幕。刻木剪纸以为道具，榜地名以晓观众。Greene剧中演Venus之入场，至悬倚引之上，已为极妙，他可知矣。演剧以下午三时始，先有人致词，为Prologue。一折终，复有人出，古衣长髯，致下场词，为Chorus。及全剧了，伶人尽出为女王跽祷。至王政复古时期，始有离合背景，亦始用女优，其先皆以童子为之也。

William Shakespeare（1564—1616）幼孤寒，受

学于文法学校。二十二岁时至英京，学为伶人。作 *Venus and Adonis*，诗名顿起，唯其尽力乃在戏曲。初但为剧场修改古曲，后遂自作，计二十年，共三十五篇。中分喜剧历史剧悲剧三类。著作年代，亦可分为四。一曰习作时期（1590—1596），二曰历史喜剧时期（1596—1601），三曰幻灭时期（1601—1608），四曰传奇时期（1608—1612）。与其身世，亦有相关。凡所取材，不出 Holinshed 之 *Chronicles* 与 Plutar Khos 之《列传》，意大利小说等，而一经点染，顿成妙作。思想又深远溥博，不为时地所限。故论者谓其戏曲，在希腊以后，为绝作也。

Shakespeare 作喜剧，大抵在首两期中，末期所作三曲，则别谓之传奇（Romance）。而悲剧中间亦常含有喜剧分子，故其喜剧之作风，复可区别为三。其一以荒唐纰缪之事，作滑稽之资，如 *The Comedy of Errors*，与 *A Midsummer Night's Dream* 等是。其二写爱恋之事，中更忧患，卒得谐合，如 *Much Ado About Nothing* 与 *As You Like It* 等是。晚年三曲，则写家人妇子，散而复聚之事，盖亦境遇使然。其三则假诙谐以寄其微意，皆散见于悲剧中，如 *Macbeth* 之门子，*Hamlet* 之掘墓人是也。

Shakespeare 第一期中，尝作悲剧二种，唯其极盛，则在第三时期，所作以（一）*Hamlet*（二）*Othello*（三）*King Lear*（四）*Macbeth* 为尤最。Romeo 与 Juliet 之死别，虽因缘于人事，实亦定运之不可逃。至 *Hamlet* 等作，则不涉宿命说（Fatalism），而以人性之弱点为主。盖自然之贼人，恒不如人之自贼。纵有超轶之资，气质性情，不无偏至，偶以外缘来会，造作恶因，展转牵连，不能自主，而终归于灭亡，为可悲也。犹疑猜妒，虚荣野心，皆人情所常有，但或伏而不发。偶值机缘，即见溃决。如僭王之于 *Hamlet*，Jago 之于 *Othello*，二女之于 *Lear*，巫之于 *Macbeth*，皆为之先导，终乃达其归宿，破国毁家，无可幸免，令观者竦然有思。Aristoteles 所谓悲剧之二元素，哀怜恐怖，盖兼有之。福善祸淫，世所快心。若其性情欲望，本亦犹人，乃以偶尔遭会，俱就陨落，易地以处，知在己亦莫能免，于是哀矜之情生。彼我之间，无复差别，则彼已往之悲剧，焉知不复见于我，可惧又孰甚焉。Shakespeare 悲剧之力，盖在此。

十一　德国　德国受文艺复兴之影响，学者辈出，唯其效果，则在宗教为多。马丁·路德虽非人文主义者（Humanist），而乘思想自由之流，改革旧教，以底于成。文学草创，多为宗教论难之资，非为观美。讥刺之诗最盛，Desiderius Erasmus 与 Ulrich von Hutten

等，多假此以发主教长老之覆，旧教徒亦反报之。唯嘲骂之言，往往出于弱败，故激烈之作，亦出于加特力教。Thomas Murner 著 *Vom grossen Lutheri schen Narren*，其言极厉，盖以 Luther 为旁门，肆力抨击，则有功于圣道。虽意见偏执，然讽刺之才，不可及也。新派方乘时而兴，不专恃文字以自障，故无巨制，迨反动起，论争复烈。有 Johann Fischart（1550—1590）学律，为法官，匿名作诗，攻难旧教。又译 Rabelais 之 *Pantagruel*，自加融铸，名之曰 *Geschicht Klitterung*。对于社会凡事，无不讪笑，而中含深意，无夸诞之嫌。又所作 *Das Glückhafte Schiff Von Zürich* 一卷，以纯诗论，亦甚精炼，为十六世纪名作也。

Hans Sachs（1494—1576）者本缝人子，眇一目，出小学为靴工。又学为诗，后遂有名，世称之曰 Meister Lieder。安居乐业，怡然自得，故其诗亦流丽恬静，若与尘俗隔绝，盖足为当时市民心理之代表者也。其所致力，乃在戏曲，凡作二百馀种。去宗教剧之枯淡与俗剧之粗鄙，代以优雅之词，于国民剧之发达，至有力焉。

第二篇　十七十八世纪

第一章　十七世纪

十二　意大利　十七世纪为欧洲文学停顿之时，因宗教改革之反动，酿为扰乱。政教两方，唯以厌制为事。其后渐得平和，而民气衰落，文学遂亦不振。又以文艺复兴之影响，一时著作颇盛，及能事既尽，犹欲刻意求工，终至忽其大者远者，反趋于末。最初有西班牙教正 Guevara，始创所谓高文（Estilo Alto）者，至 Gongora 等而大盛。英之 Lyly，立 Eupheuism，意有 Marini，以警语（Concetti）作诗，于是所谓雅体（Cultorism）之诗，风靡天下。作者专事模拟，争尚颖异，莫知所止。其诗贵多奇句，形容譬喻，不甚切近，盖意不在能动人而在惊人，不在感发性情而在得读者之骇叹。于是诗之效用，几尽失之。虽有一二先觉，力与抗争，而时势所趋，终不能挽。法国有 Boileau 出，力排旧说，使复归真率纯正之境，英亦兴起从之，文学并称极盛。其馀诸国，一时莫能及也。

意大利在文艺复兴期，文化为各国冠，及其衰也，亦甚于各国。十六世纪末，有文禁政教之事，悉不得言，即论自由称古学者，亦在禁列。于是著作日希，难于流布，诵读者亦益少。其后解禁，而民气衰苶，直至法国革命时，犹未能振起。当时雅体之诗，风行于世，Giovanni Battista Marini（1669—1725）首倡之。所作 *Adone* 一诗，凡三万四千行，叙希腊 Adonis 之神话。仅写情景而无事迹，造辞典丽，取譬新异，极人工而乏天趣。论者比之木偶人，只此辉煌之景，悦目一时而已。Marini 尝游法王路易十三之廷，众皆悦之，其诗风遂大行于法。本土之模仿者尤众，有 Chiabrera，Filicaya 与 Guidi 等，力矫其弊，然竟不胜。散文著作，较为发达，唯大抵关于哲学及科学者尔。

十三　西班牙　西班牙之雅体，始于 Guevara，继之以 Sotomayor，至 Luiz de Gongora 而大盛，可与 Marini 方驾。Gongora 初以简明之词作诗一卷，不为世人所好。乃转而模仿雅体，又益夸大之，于是声名顿起。Cultoristos 四方景附，唯其势力有所限。Vega 以当世大师，力攻 Gongora 派所为，尝嘲之曰，余为此言，且不自解，又孰能解乎。Vega 之后，有 Calderon，振兴西班牙戏曲，与英国比盛焉。

西班牙戏曲，亦犹英国然，发源于宗教剧，曰Auto。又分之曰神剧（Comedia Divina），曰圣徒剧（Comedia de Santos），盛行于十六世纪，民间甚好之。剧中主旨，大抵福善祸淫之事，唯所谓善恶，则一依教会为准则。故神之慈惠，独厚于教徒，而所以罚离经叛道者，亦极严酷，犹不如兴奸作慝者可借信仰而得赦也。Auto 之后，转为 Comedia，兼有悲喜两种，至 Lope de Vega（1562—1636）而集大成。Vega 幼颖慧，通古文学，作小说 *Arcadia*，*Dorotea* 及史诗等数种，戏曲最有名。所作凡五百馀种，取材至广，或上溯 Nero 帝时，说罗马之大火，或述哥仑布涉险事，又或写现代社会。观察极精彻，又以客观态度写之，故可谓写实派，而 Pedro Calderon（1601—1681）则理想派也。Calderon 本为军人，晋爵为贵族，尝任宫廷剧场监督。所作剧曲，善能写人间理欲之抵触，思想富美，制作亦视 Vega 为备，故称为西班牙戏曲之第一人。及殁后，戏曲亦遂衰落矣。

Picaresco 之小说，时尚盛行，Francisco Quevedo（1580—1645）之 *Don Pablo de Segovia* 为最著名之作。至 Vincente Espinel 作 *Vida del Escudero Marcos*，多描写社会情状，不仅以叙事为能，已开近代小说之先矣。

十四　德国　十七世纪德国文学之零落，视意大利尤甚。宗教改革，延为三十年战争，民生衰耗，殆达其极。虽受文艺复兴之影响，亦第有模拟，而无兴作，前后 Silesia 派之诗，实只因袭法意往事而重演之而已。第一 Silesia 派，以 Martin Opitz（1597—1630）为之长，奉法之七星派，因撮要义著诗法一卷，以教其徒。拘守绳墨，不得自由，于是乃有反动，而 C. H. von Hofmannswaldau（1617—1679）出，是为第二 Silesia 派，所师法者，为意之 Marini。其徒 Casbar Von Lohenstein（1635—1683）于诗曲之外，复作武士小说，以新异之文词，写夸张之感情，虚诞之行事，举世好之。盖文艺复兴，至此已见流弊，德以丧乱之馀，智力薄弱，故受其敝，亦尤甚也。

当时小说虽无足称述，然亦有杰出于一时者，则 Grimmelshausen 之 *Simplicissimus* 是也。Christoffel von Grimmelshausen（1625—1674）故武人，尝与三十年战争之役。其为此书，本仿西班牙之 Picaresco，而不务造作，专据一己所经历，演为五卷。虽事多凶厉，文不雅驯，然实写世情，与人生益益相近，以视虚华之小说，迥不侔矣。其后无继起者，迨十八世纪初，英国之 *Spectator* 与 *Robinson Crusoe* 流入德国，始复震动，风气为之一变。

十五　法国　法国文学情状，故无异于各国，唯以国家强盛，文士得假承平之际，致力于文，故发达亦最盛。Marini 至法，一时诗人翕然从之，称 Preciéux 派，顾其风不久衰歇。一六三五年敕建法国文艺院，以厘定国语为职志。Malherbe 与 Guez de Balzac 之徒，先后兴起，各有所尽。至 Nicolas Boileau（1636—1711）主张真美一致，廓清旧敝，建设新派，一以清真雅正为归，于是遂为古典主义之最盛世也。

法国戏曲，亦萌牙于宗教剧，文艺复兴以后，模仿古代著作者亦愈多。分道而驰，不相调合。宗教剧行于民间，多失之野，古剧则学士所为，适于吟诵，而不宜于演作，美于情文而乏气势。十六世纪中，Theodore de Bêze 取材《旧约》，造作悲剧，欲调和其间，顾未能就，Pierre Corneille（1606—1684）始合二者之长，成完善之戏曲。*Le Cid* 写情爱与孝思之冲突，*Les Horaces* 写家国感情之冲突，*Cinna* 写慈仁与报复之冲突，至 *Polyeute* 则转而言基督教事，写爱与信仰之冲突，凡家庭邦国政治宗教之问题悉具焉。虽其理想人物，迥出常类，性格无发展之地，而情文并茂，足以掩之。盖自 Corneille 出，而法国戏曲始成纯粹之艺术，足以怡悦性情，感发神思，不仅为民众娱乐之具矣。

悲剧始成于 Corneille，而喜剧则始成于 Jean Baptiste Molière（1622—1673）。其先模拟意西著作者，大抵取爱恋涉险为材。至 Molière 始一反所为，求之于日常生活中，自狂愚纰缪之事，以至家常琐屑，无不得滑稽资料，盖昔人所未尝知者也。Molière 本商人子，初学法律哲学。二十一岁时，弃而为优于巴里，业败，负债下狱，以援得脱。乃去都。周行各地者十二年，多所阅历，文思益进，遂仿作伊大利喜剧，自演之。至一六五九年，作 *Les Preciéuses Ridicules*，写当时社会，于标榜风雅之习尚，加以嘲笑，此风因之渐衰。又于 *L'Ecole des Femmes*，示天性之发达，不能以人力防御。及 *Tartufe* 出，攻难者一时蜂起，而教会尤力，至于禁绝诵读，吓以破门。五年后，始得公演。唯 Molière 之绝作，则为 *Le Misanthrope*。盖在家庭社会间，多历忧患，故心意亦益坚苦，于此剧一罄之。Alceste 以清俊之质，邂逅浊世，高情覃思，迥绝常流，独爱 Célimène，而 Célimène 不能遗世而从之。于是觉悟之悲哀，遂为是剧终局，盖喜剧而具有悲剧之精神矣。

Jean Racine（1639—1699）者，Molière 之友，而 Corneille 之继起者也。幼孤，育于大母，受学于教会。初学 Corneille 为悲剧，后乃自辟径蹊，善写人情之微。其最佳之剧，皆取材希腊，而别具精彩，可与古代名作并驾，*Andromaque* 及 *Phedre* 是也。唯当时名流，或不满意，倩人别作 *Phedre* 之剧，同时上场。又出万五千佛郎，募人分赴剧场，力抑扬之，Racine 遂败。因忽发愤，自忏笔孽，隐居不出，嗣后著作遂鲜。

Jean de la Fontaine（1621—1695）所作有诗歌小说，然以寓言闻于世。二十六年中，凡著十二卷。仿希腊 Aisopos，而实绝异。古之作者，多假寓言以寄教训。La Fontaine 则重在本事，教训特其附属，或且阙焉。盖合小说（Conte）于寓言（Fable），而托之于纯诗者也。故纪载描写，更益精详，与古之寓言以片言明意为上者异矣。且天性纯朴，爱好天物，故状写物情，妙绝天下，称为不可仿效之作。唯十九世纪时，丹麦有 Andersen 作童话，亦为绝技，或可比拟耳。

散文著作，则有 Duc de La Rochefoucauld 之《语录》（*Maximes*），与 Jean de la Bruyère 之《人品》（*Les Caractères*），而小说亦渐渐发达。Madame de la Fayatte（1634—1696）著 *La Princesse de Cléves*，已脱离旧习，趋于简洁，为 *Manon Lescaut* 之先驱。近代小说，当以此为首出也。

十六　英国　英国十七世纪文学，实可析为前后两期。上承伊里查白时代之馀绪，下为奥古斯德时代（Augustanage）之先驱。文化发达，极于侈丽，物极而反，Puritanism 遂渐胜。终乃颠覆王朝，立共和之治，唯峻厉之教旨，不能终厌人心。一六六十年王政复古，而文艺潮流，亦大变易。法国 Boileau 之影响，被及英国，检束情思，纳诸轨则。至 Drydeu 乃定古罗马著作为文章轨范，嗣后古典派势极隆盛，以至法国革命时代。

Lyly 与 Sidney 之后，所谓警句（Conceit）之风，盛行于诗歌，一变而为十七世纪之 Fantastic 派，John Donne（1573—1631）为之长。Caroline 之诗人，大抵蒙其影响，如 Herbert 及 Herrick，皆最显者也。Herrick 善遣绮语，颇称佳妙，其偷乐之精神，犹可见文艺复兴小影，与当时清教思想，正可反比也。

戏曲自 Shakespeare 后，渐就衰微。虽 Ben Jonson 继起，然不能及，Shakespeare 写人生之深密，而 Jonson 止能写一时世相。其后 Beaumont and Fletcher 合作戏曲，妍美足称，雅健则不足。自馀作者，益务迎合流俗，趋于放佚。清净教徒对于剧场，力加攻击，初禁礼拜日演剧，至革命时，遂悉封闭之。

清教思想，蕴蓄已久，渐由宗教推及政治，终有一六四二年之革命。文学中有 Milton 与 Bunyan 二人为代表。John Milton（1608—1674）出自清教家庭，受古学之教育。初作 *The Ode on the Nativity*，犹有 Fantastic 派馀习。继作 *L'Allegro* 及 *Il Penseroso* 二诗，乃归雅正。Lycidas 仿希腊 Theokritos 诗，悼其友之死，假牧人之词，多攻教会失德，Puritan 之思想，已明著矣。及革命成，Milton 任为 Cromwell 记室，十馀年来，不复为诗。一六五二年以过劳目力，遂失明。六十年秋 Charles 二世复位，几不免，后遂隐居，复致力于诗，命其女笔之于书，乃成三大史诗。一曰 *Paradise Lost*。叙撒但之叛与人类之堕落。一曰 *Paradise Regained*，叙基督抗魔之诱惑，复立天国。一曰 *Samson Agonistes*，叙参孙髡顶矐目，为 Philistine 人之奴，终乃摧柱覆庙，自报其仇。皆取《旧约》故事，以伟美之词，抒崇高之思，盖合希伯来与希腊之精神而协和之者也。John Bunyan（1628—1688）者，行事著作，与 Milton 绝异。父补釜，Bunyan 世其业。生平所读唯圣书，而宗教思想，深纯独绝。因从新派，游行说教，被捕下狱十一年。及信教自由令出，得释，未几令又废，遂复被禁三年。狱中作《天路历程》（*Pilgrim's Progress*），用譬喻（Allegory）体，记超凡入圣之程。其文雄健简洁，而神思美妙，故宣扬教义，深人民心，又实为近代小说之权舆。盖体制虽与 *Faerie Queene* 同，而所叙虚幻之梦境，即写真实之人间，于小说为益近。其自叙体之 *Grace Abounding*，亦有特色。至 Defoe 乃用之作 *Robinson Crusoe*，此体益以完成矣。

王政复古，政教复一变。Samual Butler 仿 *Don Quixote* 作 *Hudibras*，以嘲清教徒，大为世人所好。昔日整肃之俗，转为放逸。演剧复盛，而日趋于堕落。及党派分立，利用文学，施于政争，讽刺之作，因此大兴。又以时代变迁，情思衰歇，人重常识，不复以感情用事，当时文人，被法国之影响，乃奉古代诗法为模范，重技术而轻感兴，遂别开一新时代。John Dryden（1631—1700）实为之主。Dryden 系出清教家族，始附王室，终归旧教，盖对于政治宗教，初无定见，但随世俗转移。其造作诗曲，亦多迎合时好，非由本意，故或称其以著作为业。至晚年，亦自悔之。惟规定文体，以明决为上，甚有造于后世。英文学之奥古斯德时代，实造端于此矣。

第二章　十八世纪法国之文学

十七　Voltaire 与 Rousseau　十八世纪为理智主义最盛之时代。文艺复兴，希腊之文明，流播欧土，人心久苦束缚，遂竞赴之，本其自然之情意，力与禁欲主义抗，以立主情之文学，时学术亦主怀疑实验，破烦琐学派（Scholasticism）之障，成主智唯理之哲学。及思潮衰落，文学亦随以不振，哲学则缘理智为重，乃不与之转移。自 Bacon 创经验说，Descartes 立唯理论以来，且益复发达，影响渐及文学。于是昔之诞放繁缛之词，悉见废黜，凡事一准理法，不得意为出入。是事始于十七世纪中，至十八世纪而极盛。论其趋势，与文艺复兴之运动，盖相违忤，唯奉古代著作为师法，则略相似，故并称尚古时代也。然其所尚，第在形式而非精神，又抑制情意，以就理法，亦有偏至。故及 Rousseau 出，倡复归自然之说，而昔日文艺复兴之精神，复现为传奇主义而代兴也。

欧洲十八世纪之文学，以英法为极盛。二者之中，又以法之影响为最大。百年之内，由专制为共和，由罗马旧教为信仰自由，由古典主义为传奇主义，凡此急转，皆大有影响于世界。而推其元始，并由当代思潮所动荡，文人学者，本其宗信，各假文字之力，宣扬于众，以底于成。此十八世纪法国文学之所以异于他国，亦所以异于前代者也。十七世纪之思想，虽亦力去故旧，倾向自由，然仅以个人为主，而是时则推及于人群。十七世纪之著作，其不朽者止因美妙，初不以宣传宗旨为务，是时则多以文字传其思想，不仅为贵人娱乐之具。凡此趋向，盖已见于路易十四世时，La Bruyere 作《人品》，于社会敝俗，已多慨叹之辞。至十八世纪，而致意于此者，乃益多矣。

Francois Fenelon（1651—1713）在路易十四朝，为皇孙师保，取材希腊史诗，作 *Télémague* 一书以教之。用散文作诗，以小说谈教育，甚有特色。于政治道德，尤多新义，已有立君所以利民之说，后遂以是罢免。宗教上之怀疑思想，则先见于 Bernard de Fontenelle（1657—1757）。所著《神示史》（*Histoire des Oracles*）以论辨希腊罗马托宣之俗为名，而实于基督教神异之说，加以掊击。盖所言虽限于古代异教，而迷信起原，本无二致，鉴古征今，可知正教之奇迹，与外道之神言，相去固不一间也。及 Montesquieu 之《波斯尺牍》(*Lettres Persanes*) 与 Voltaire 之《哲人尺牍》(*Lettres Philosophiques*) 出，而此新思潮，遂益复完全表见矣。

Charles-Louis de Secondat, Baron de Montesquieu (1689—1755) 以《法意》(*De l' Esprit des Lois*) 一书闻于世。《波斯尺牍》成于一七二一年，假为二波斯人记游法所见，贻其亲友之书，于当时政教社会各事，加以评骘。微言妙语之中，实寄忧世之深情。Montesquieu 虽法家，亦长于文。是书托之波斯人作，则便于评议，又借东方风俗以为渲染。简毕往来，游人寄所目睹，而故乡消息，则举波斯之事相告。宫闱之中，妇寺构煽，尤多隐秘，为谈论之资。故其结构纯为小说，而对于政教之意见，则精神仍与《法意》近也。Voltaire 本名 Francois-Marie Arouet (1694—1778)，颠倒其姓以自号。以讪谤疑罪被放，后复被禁锢十一月。至一七二七年，又与豪家斗，遁居英国三年，遂作《哲人尺牍》，详述英国情状，而于信仰自由，尤所神往，重真理爱人类之气，露于行间。法国当局虑其惑人，遂禁传布，并命刑吏以一册焚于市云。Voltaire 所作，初多诗曲，尝仿史诗作 *La Henriade*，咏亨利四世事，甚行于世，至比之 Virgilius，然实非其特长。《尺牍》以后，著作甚多，虽种类殊别，而思想本柢，在破迷执而重自由，则皆同。六十岁后，隐居村间，多作答问小品传布之，攻难宗教甚力。盖天性既与宗教之神秘思想素远，而感觉又特明敏，多见当时冤狱，如 Calas Sirven 及 La Barre 等案，事至凶酷，其因乃悉由教争。故平生以摧毁污恶为务，若其所谓污恶者，则宗教也。唯 Voltaire 虽以宗教为文化进行之大敌，毁之不遗馀力，而于政治颇主保守。其论艺文，亦奉古代义法，与并世文人别无所异。

二子《尺牍》之出，为新思想代表，而当时绝少应和。及中叶以后，世事顿复变易，路易十五时政治日坏，弊已彰著，于是二人文字之功，亦渐成就。先觉之士，咸奋然兴起，有改革之心。此诸“哲人”(Philosopher) 怀抱之旨，得以二语总之，曰理性，曰人道。既不满于现社会之情状，乃欲以智识真理之力，破除一切偏执迷信，愚蒙缪妄，合人群知力，以求人类幸福。又以政教之敝，实由义旨之差谬，故当专务治本，以文字为道具，觉迷启智，先谋国民精神之革新。而其影响，则崇尚理性，毁弃旧典，主思想自由，开近世科学精神之先路。护持人道，于非刑曲法之事，力发其覆，又反对奴制，非难战争，亦皆率先大号。其精神颇有与文艺复兴时相类者，唯其为学，不求一己之深造，而冀溥及于大群。欲世界文化，分被于人人，得以上遂，至于至善之境。故对于现在，虽多不满，而于未来则抱昭明之希望。此实当时哲人共通之意见，而其事业，则见之于编纂类苑（Encyclopedie）一事。为之长者，即 Diderot 也。

Dennis Diderot（1713—1784）初佣于书肆，以卖文自给。其所宗信，由自然神教（Deism）转为无神论，复进于泛神论。尝作盲人说，假为英国学者之言，以申其意，坐禁锢三月。一七四五年，巴里书贾谋译英国 Chambers 类苑，属 Diderot 主之。Diderot 允之，而不以转译为然，因招诸人，共理其事。教会忌而力阻之，共事者或稍稍引去，Diderot 不为动，朝夕撰集，终得成，前后已三十年矣。其书本类书，又多草创，故未能尽美，唯传播思想，则为力甚伟。启蒙运动（Illumination）之成功，实在于此。Diderot 曾作戏曲论文，又仿英国 Richardson 等作小说，*Le Neveu de Rameau* 最善。当时未刊行，至十九世纪初，Goethe 自原稿译为德文，始见知于世。

Jean-Jaques Rousseau（1712—1778）行事思想皆绝奇，影响于后世者亦独大。Rousseau 生而母死，父业造时表，使世其业，Rousseau 不愿，遂逃亡。少行不检，飘流无定止。一七四一年至巴里，以音乐闻，又作剧曲得名，与 Diderot 等为友。偶读报知 Dijon 学会悬赏征文，论美术科学之进步与道德改善之关系，作文应之，得上赏。后又作文，论人类不平等之起原，并论其是否合于自然律，虽不得赏，而 Rousseau 之大事业，实始于此。一七六一年后，*La Nouvelle Héloise*，《民约论》（*Contract Social*），*Emile* 相继刊行。一时世论哗然，政府公焚 *Emile* 于市，欲捕治之，逃而免。Rousseau 性好争，又多疑，与 Diderot 绝交，又与 Voltaire 以文字互相诋欺。历奔各地，皆不见容，益疑 Voltaire 害己，终应 Hume 之招，避居英国，始作《忏悔录》（*Confession*）。顾复疑 Hume 与谋将见陷，乃匿名返法国，至七八年七月暴卒。凡 Rousseau 思想，可以复归自然一语，为之代表。意以为人性本善，若任天而行，自能至于具足之境，唯缘人治拘牵，爰生种种恶业，欲求改善，非毁弃文化，复归于自然不可。其说与当世哲人之提倡文明，欲补苴为治者，迥不同矣。虽由今言之，或不无偏至，而其时发聋振聩，为效至大。公道平等之义，由是复申于世。文艺思潮，亦起变革，其影响所及，盖不止十八世纪之法国文学已也。

Rousseau 中年所作论文，于当时虚伪浮华之俗，抨击甚力，主复归自然之说。Voltaire 评之曰，汝使人将以四支并行矣。Rousseau 意谓人生而自由，各自平等，社会后起，因被束制，强分贫富贵贱强弱主奴之级。所言生民原始情状，与社会起源由于契约，不与史实相合，Rousseau 亦自知之。唯假以说明现状由来，并指示未来之归趣，则至为便捷。资财私有，实侵自然之权利，反抗权威，为个人之特权，人人相等，平民之尊，不亚于贵人学士，凡此诸义，皆得由是成立。及作《民约论》，乃由破坏而进于建设，示人以自由与政治得相调和。谓人生而自由，及其入世，乃随处在缧绁中，故道在复返自然。然社会秩序，亦为神圣，则唯当变革社会制度，使益近自然，斯已可矣。故应本民约原旨，以投票之法，取众人公意，立为政府，庶几自由可得，平等可至。盖人人以公意为意，自得自由，在民意政府之前，又人人平等故也。此 Rousseau 之民主思想，影响于后世人心极大，Robespierre 亦私淑 Rousseau 之一人，至革命时而实行其说焉。

La Nouvelle Héloise 者，以小说而言家庭之改良。书用尺牍体，言 Saint Preux 爱 Julie，而女从父命归他氏，Saint Preux 断望出走。后复还，遇 Julie，历诸诱惑，皆不失其守；未几 Julie 以保育过劳卒。其书上

卷，盖以写人间本性，发于自然。次卷则示其与社会之冲突，而终以节制，归于和解。唯其本旨，乃在写理想之家庭，简单真挚，与世俗之虚伪者不同。*Emile* 者 Rousseau 言教育之小说，述 Emile 幼时之教育，一以自然为师法。生而不束襁褓，俾得自由，五岁就外傅，使亲近生物，嬉戏日光颢气中，凡虚伪造作诸事物，悉屏绝不使闻见。十二岁读书，观察实物，习为劳作。读 *Robinson Crusoe*，学自助之道。十五知识初启，教以悲悯慈仁之德。读 Plutarkhos 与古贤相接，读 Thukydides 以知世事，读 La Fontaine 以知人情。十八岁乃可教以信仰，进以美育，以成完人。Rousseau 教育学说，本出理想，非经实验而得，然至理名言，至今弗改。自 Froebel 以后，儿童教育，大见变革，实 *Emile* 为之创也。

《忏悔录》凡十二卷，为 Rousseau 自传，自少至长，纤屑悉书，即耻辱恶行，亦所不讳。而颠倒时日，掩饰事迹，亦复恒有。然 Rousseau 性格，亦因此益显其真。其为是书，意盖欲自表白，谓天性皆善，第为社会所污，虽能自拔以至于正，而终为世之所弃。同时 Saint-Simon 亦自作传记，于一己之感情，鲜有叙及，盖当时之思潮使然。Rousseau 此书，则自写精神生活，处处以本己为中心，导主观文学之先路。

且其爱自然重自由之意气，亦浸润而入文学，为传奇派之一特色。故言近世文学，于传奇主义之兴，不得不推 Rousseau 为首出也。

十七世纪以来，法国文体，归于雅正，小说亦渐改观。Abbé Prevost（1697—1763）初为牧师，后弃去，漫游荷阑英国各地。比归，以著述自给。译 *Richardson* 诸小说，又自作小说甚多，唯 *Manon Lescaut* 一种称最。其书盖承 La Fayatte 馀绪，而更进于美妙。Manon 既爱 Grieux，复眷现世之安荣，Grieux 知其不贞壹，而不能不爱。数经离合，终乃追随至美洲荒野，及见 Manon 之死，实一世之杰作也。当时 La Sage 作 *Gil Blas*，仿西班牙之 Picaresco，而实写世相，称百折之喜剧。Mariveaux 作 *Vie de Marianne*，分析女子性情，多极微妙，皆为长篇佳制。十七世纪中叶以后，哲学思想，渐及小说，与感情主义溷合，于是面目又一变，Rousseau 之 *La Nouvell Héloise*，则其代表。写人世之爱，发于本然，而归于中正。赞扬物色之美伟，称述理想之家庭，盖以艺文抒情思，并以传教义者也。继其后者，为 Bernardin de Saint-Pierre（1737—1814）。其 *Paul et Virginie* 一书，上承 Rousseau，下启 Chateaubriand，为新旧时代之联锁。Saint-Pierre 幼读 *Robinson Crusoe* 及耶教传道纪行，即有志远征，立 Utopia 于荒岛，弃人治而任天行，期造一美善之社会。后以政府遣，往 Madagascar 为工师，归而作游记，极赞自然之美。Rousseau 方隐居巴里，甚相善，而 Saint-Pierre 亦病，几发狂易。后渐愈，乃致力于学，作《自然研究》三卷。意见与 Rousseau 略同，谓自然慈惠而谐和，唯社会暴恶，实为之障。天地间事物，悉为人群乐利而设，瓜之大，以供家人之分享，而瓠尤大者，以备与邻共之也。又以为欲求真理，当借情感，不能以理性得之。当时人心已渐厌理智主义之寂寞，复生反动，Saint-Pierre 之意见，遂得世人盛赏。一七八八年，《自然研究》第四卷出，*Paul et Virginie* 即在其中。言二人相悦，见格于姑，终至死别。写纯挚之情，以热带物色为映带，成优美之悲剧。作者旨趣，盖以自然与情爱之美大，与文明社会及理智人物相反比，而明示其利害。思想本之 Rousseau，题材则取诸希腊 Longos 之 *Daphnis Kai Khloê*。唯会萃成书，则为 Saint-Pierre 一己之作。书出，举世叹赏，那颇仑亦其一也。

第三章　十八世纪南欧之文学

十八　意大利之歌剧　意大利十八世纪情状，较前世纪特见进步。其时方脱西班牙羁勒，政教稍稍宽和，民气亦渐苏，文艺学术，遂得兴盛。又受法国影响，Gianvincenzo Gravina 之徒，于十七世纪末年，创立 Arcadia 学院，提倡诗法，偏重韵律，虽病枯索，而视 Marini 派之奇矫已有进。中叶而后，独立之诗人亦渐出。Giuseppe Parini 作讽刺诗《一日》（*Giorno*），分朝午夕夜四篇，述贵介子弟一日中行事，以刺游惰。刻画世情，颇称工妙。Giovanni Meli 以 Sicilia 方言为诗，多述自然之美，又善写故乡人情风俗。德国 Heyse 称之曰，歌谣拟曲，皆出 Sicilia，古今同然。盖以古希腊之 Theokritos 与 Sophrôn，皆生其地也。

意大利戏曲，自 Macchiavelli 以后，已渐发达，至十八世纪而极盛。古时之剧，出于宗教，与欧洲各国同。Rappresentazioni 者，专演圣迹，与西班牙之

Auto 相类，其后转而言史事，遂与仪式分离。唯缘罗马文化影响，作者多模仿古剧，不能自成一家。及十八世纪，Vittorio Alfieri（1749—1803）始作完善之悲剧。Carlo Goldoni（1707—1793）仿 Molière 为喜剧，亦绝妙。然意大利国民戏曲，尚别有在，与此二剧并自外来者殊异。即俗剧（Commedia dell' Arte）与歌剧（Opera）是也。俗剧通称假面剧（Mask），行于民间。盖与希腊喜剧，同起于 Dionysos 之祭。酒滓涂面，转而为面具。自罗马古代以至中世，相传不绝，至十六世纪乃益盛。Francesco Cerlone 演之为滑稽剧，唯进于文艺，则自 Carlo Gozzi（1720—1808）之 Fiabe 始。以神怪传说为材，而隐讽当时，与希腊中期喜剧，有相似者。及 Gozzi 辍作，此体亦绝，唯存民间旧有之曲矣。歌剧者，正称 Melodrama，盖合景色音乐歌咏三事而成。草创于 Apostolo Zeno，至 Pietro Metastasio（1698—1782）而大成。Metastasio 本姓 Trapassi，幼时讴歌道上，为 Gravina 所闻，收为义子，更其姓。希腊语义曰移居也。其诗才殊敏妙，又美声音，故得大名，假面剧与歌剧，虽性质殊别，不能并论，然其为意大利特有之艺术，则固同也。

十八世纪中，英法小说盛极一时，意大利别无创作，即模仿亦罕。唯 Alessandro Verri 取材古代，作小说数种。及 Ugo Foscolo（1778—1827）出，已在革命之后。Foscolo 生于希腊，其先为威尼思人，甚爱故国。及共和政府亡，悲愤不能自已。又以爱恋失意，因为小说 *Le Ultime Lettere de Jacopo Ortis* 言 Ortis 悼叹身世，终于自殊，盖用以自况。其次第在 Goethe 之 *Werther* 与 Chateaubriand 之 *René* 之间，虽美妙不能及，亦一时名作也。

西班牙 Luzan 西班牙文学，此时亦颇受法国影响。十八世纪初，Montaigne 之文，Corneille 等之戏曲，多见移译。Ignacio de Lúzan（1702—1754）学于意大利，作诗法一卷，以 Arcadia 派之说为本，而主义则与 Boileau 一致。Gongora 之诗风，遂因此衰落。Lúzan 之论文艺，合教训而一之，谓诗与道学目的相同，古代史诗本为启发君心之用，其说多不可通。唯除旧布新，为力颇伟耳。Jose de Hervas 与 Benito Feijóo 等皆从新派，致力于文，诗人亦渐兴起，然别无名世之作，故不详述。

第四章　十八世纪英国之文学

十九　小说与新诗歌　英国十八世纪上半期文学，大概为门户文学。Tory 与 Whig 二派争长，各以文字相嘲骂，艺文之事，在位者假为政争之具，在下者则依以谋食。一世才智之士，莫能脱其范围，至于末流，则阿谀侮辱，莫不过量，因入恶道。Pope 作 *Dunciad* 之诗，历加诛伐，正未为过也。文学目的，既在党争，故讥刺诗极盛。抒写世相，揣摩人情，亦至深切。虽所言限于都市，研究人生，亦肤浅无真谛，而体状社会，类极微妙，为未曾有。文章规范，自 Dryden 以后，益归整壹，简洁晓畅，重在达意，若情思想像，悉所废弃，其内容亦重人事而远天然。以此因缘，十八世纪，乃文盛于诗。小说勃兴，影响及于世界。诗则 Pope 而后，此派渐衰，终趋于变也。

Alexander Pope（1688—1744）继 Dryden 之后，为文坛盟主，而不以文为业。译 Homêros 史诗，得酬

九万金，遂隐居 Twickenham。人从而称之曰 Twickenham 之壶蜂，言善刺也。尝作 *Dunciad* 以刺当时文士。*Essay On Man* 则教训之诗，虽鲜宏旨，而词义精炼，多为后世称引。其最大著作，为《劫发记》（*The Rape of the Lock*）一篇。以史诗体裁，咏琐屑之事，甚见作者特色，且足为都会文学之代表。女王 Anne 时，英国文化，流于侈丽，士女酣嬉无度，此诗颠倒重轻，善能即小见大，时代精神，于此仿佛见之。

英国 Essay 之作，始于 Bacon，其时法国 Montaigne 所作，则流丽轻妙，别具风致。王政复古后，Cotton 二次移译，遂大流行，模仿者甚众。一千七百九年 Steele 及 Addison 刊行 *Tatler*，始用于报章。十一年 *Spectator* 出，改为日刊，社会万事，俱加评骘，造辞隽妙，令人解颐。每金曜日多论文艺，土曜论宗教以为常。Addison 尝言，吾自学校书库中，取哲学出，而致诸公会茗肆之间。其传布思想于民间者，为力至伟。二人著述，多不题名。谓有公会，集诸名流，以观察所得相告。中有 Sir Roger de Coverley，为乡邑士夫，记其言行，久之成卷，描写性格，能得神似，于小说发达，颇有影响。二人亦作诗曲，唯不闻于后世，其所以不朽者，唯在报章论文（Periodical Essays）而已。

十八世纪以前小说，大抵皆 Romance 而非 Novel。如 *Utopia* 及 *Nova Atlantis*，所言并为理想之乡。*Arcadia* 之牧人，亦非人世所有。*Eupheus* 以游记载其箴言，*Pilgrim's Progress* 则喻言也。*Coverley* 一卷，几近于 Novel，唯本为报章文字，偶然而成，故无脉络以贯之。至 *Robinson Crusoe*，而近代小说始成立。Daniel Defoe（1659—1731）毕生从事政教之争，尝以文字之祸。荷校于市，又居狱者二年。独编 *Review*，平论时政。至一七一九年，*Robinson* 初卷出，Defoe 年已六十矣。十五年前，有舟人 Alexander Selkirk，为同僚所弃，独居 Juan Fernandez 岛四年，后得返国，报纸争传其事，Defoe 曾亲往询之，及后遂成此书。想像之力，记叙之才，皆独绝，举世称赏。是后复作小说七种，多记冒险事，写实小说之风，于是始立。*Journal of the Plague Year*，记一七二二年大疫情状，后世史家，至误为事实而引据之。*Memoirs of a Cavalier* 则为最初之历史小说，实开 Scott 之先路者也。

Jonathan Swift（1667—1746）作 *Gulliver's Travels*，与 *Robinson* 齐誉。其初亦致力政争，尝任主教，及落职穷居，乃发愤作游记四卷，以刺世人。侏儒巨人，浮岛马国，皆非人境，事亦荒唐无稽，而记载如实，乃与 *Robinson* 同。大意仿希腊 Lukianos 之《信史》

(*Alethés Historia*)，而设想奇肆，寄意深刻盖过之。Lukianos 所刺，犹有程限，Swift 则意在诅视其所"深恶痛绝之禽兽，"即人类是也。马国之人（Houyhnhum），马形而人性，具至德。Gulliver 自视，则身入 Yahoo 之群，圆颅方趾，而秽恶凶厉，不可向迩。平生愤世疾俗之意，于此悉倾写之。论者谓书叶间有火焰丝丝散射，善能形容其气象者也。Swift 天性刚烈，有大志而不得申，因孤愤厌世，终以狂易卒。

Defoe 与 Swift 小说，多言涉险，故事迹虽非神怪，亦殊异于寻常。至以家常琐事为小说者，乃始于 Samual Richardson（1689—1761）。又言感情而非叙事实，故变自述体为尺牍。一七四一年作 *Pamela*，又名 *Virtue Rewarded*，篇首署言为培养宗教道德而作。继以 *Clarissa Harlowe*，写女子心情，皆至微妙。Harry Fielding（1707—1754）戏仿其意，为 *Joseph Andrews*，假言即 *Pamela* 之兄，以相嘲弄。顾初意虽为 Parody，渐乃自忘，成独立之作。一七四九年 *Tom Jones* 出，结构精美，称英国小说之模式。Fielding 书皆记叙，不用尺牍，又不以教训为主，与 Richardson 异。专纪社会滑稽情状，Byron 称其善言人情，名之为 Prose Homer。次有 Tobias Smollett（1721—1771），初仿 Picaresco 作 *Roderick Random*，杰作曰 *Humphrey Clinker*，则成于晚年。Smollett 业医，附海舶漫游各地，多所阅历，其为小说，旨在披示世情，使人哀其愚而疾其恶。是三子者，同为当世小说名家，而影响于世者，微有差别。Richardson 以描写性格见长，Fielding 则善图世相，后世小说，由此分为两支。Smollett 乃两无所属，盖乘新兴之流，合写实小说与冒险故事，别成一体者也。

Laurence Sterne（1713—1768）作 *Tristram Shandy*，与 Johnson 之 *Rasselas* 同年行世。是书及 *Sentimental Journey*，皆为 Sterne 独绝之作。唯体制略近 Addison，几与小说殊途。Samual Johnson（1709—1784）继 Pope 为文人领袖，编刊 *Rambler*。其作 *Rasselas*，七日而成，但以寄意，初无结构，虽无与于小说之发达，然足见当时小说流行之盛况矣。Johnson 为文，厚重雅正，足为一世模范。且性情高洁，谢绝王公饷遗，一改前此依附之习，立文士之气节，此其功又在文字之外者也。

Oliver Goldsmith（1728—1774）者，Johnson 之友，其行事至乖僻，而文才隽妙。所作小说 *Vicar of Wakefield*，结构颇散漫，设想布局，或有阙缪，然文情优美，时鲜其俦，古今传诵，非无故也。又仿《波斯尺牍》作 Citizen of the World，设为二支那人 Lien

Chi Altangi 与 Fum Hoam 之言，评议英国风俗，凡百十馀篇。《旅人》（*Traveller*）及《荒村》（*Deserted Village*）二诗，亦杰作，形式虽旧，而新精神伏焉。盖都会文学，渐变而言乡村生活，人事之诗，亦转而咏天物之美矣。

自来诗人歌咏，不外自然与人生二事。前代文学，大抵以人为中枢，自然只用于点缀，未尝专为题旨。一七二六年 James Thomson（1700—1748）作 *Seasons* 四卷，分咏四时之美，最为首出。二十年后有 William Collins 与 Thomas Gray 等，咏叹自然，而寓以人生，Goldsmith 之诗亦属之。且平等思想，渐益发达，对于人类，具有同情。齐民生活，遂渐代都市之繁华，为文章主旨。又于古代异域之文化，亦多兴趣。一七六五年，Thomas Percy 编刊《古诗残珍》（*Reliques of Ancient Poetry*），民谣始见著录。六十二年 Macpherson 译 Ossian 之歌，虽真伪难辨，而传播 Celtic 趣味，使人发怀古之情，为力至大。凡是诸流，终合于一，演成新派，以 Cowper，Crabbe 与 Burns 为之先驱。若 Blake 则以画家诗人而为密宗（Mystic），遗世独立，自成一家，亦十八世纪之畸士，古今所未有也。

William Cowper（1731—1800）早年著作，犹守 Pope 矩矱，后乃变更，废对句（Couplet）为无韵诗，

又改译 Homêros 史诗。所作 *Task* 一诗，始于一七八五年，凡六卷。言乡居景物，凡节序变化，山林物色，田园生活，以至兽类之嬉戏，无不入咏，似 Virgilius 之田功诗。而于微贱之人生，尤有同情，与 Crabbe 相同。George Crabbe（1754—1832）于一七八三年作 *The Village*，写民间罪恶疾苦，力反前此 Pastorale 之理想主义，归于实写。自言吾画茅檐中事，一如真实，非若歌人所吟。Byron 称之为自然最酷最真之画家，世以为知言。Robert Burns（1759—1796）本苏格阑农家子，用方言作诗。一七八六年第一卷出，其歌咏贫贱生活，与 Crabbe 同，而爱怜物类，则似 Cowper。有《咏田鼠》（*To a Field Mouse*）一章，蔼然仁者之言。与 Cowper 之爱及昆虫，谓亦自有其生存之权利者盖相若。唯 Burns 于此二者之外，乃更有进。其诗多言情爱，直抒胸臆，不加修饰，为近世所未有。又以爱其故国，于古代光荣，民间传说，皆得感兴，是皆传奇派之特色，而于 Burns 先见朕兆者也。

William Blake（1757—1827）工诗善画，时得灵感，睹种种幻景，其《预言书》（*Prophetic Books*），则合是三者而一之。一七八九年作 *Songs of Innocence*，以真纯之诗，抒写童心，称绝作焉。爱儿童，怜生物，述常事，皆为新思想代表。复憎政教之压制，理智习俗之拘囿，亟求解脱，故致力于伊里查白时文学。其《呈诗神》（*To the Muses*）一诗，乃叹情思之衰微，冀复返于古昔自由之时代。故其诗上承文艺复兴，下启传奇主义。十九世纪初，Wordsworth 等出，力抑古典派文学，去人为而即天然。Blake 诗云，

> Great things are done when man and mountains meet;
>
> This is not done by jostling in the street。

即示此意。*Marriage of Heaven and Hell*，为《预言书》中最要之作。《魔之声》（*Voice of the Devil*）一节云，人舍精神外，别无身体。盖身体者，即精神之一部，可以官能感觉者也。力即生命，自身体出，而理乃即力之外界。义甚精密，为古来言灵肉一致者之最，故其思想甚为近代推重也。

第五章　十八世纪德国之文学

二十　Goethe与Sturm und Drang　十八世纪德国文学，发达至速，且称极盛，可与英法比美。前世纪中，前后Silesia派，模拟意法，益流于滥，千七百三十年顷Johann Christoph Gottsched（1700—1766）起而振之，著《批判诗法》（*Kritische Dichtkunst*），乃纯依Boileau之说，其提倡戏剧，亦以法国著作为宗。唯英国文学思想，亦渐流布，当时文人如Johann Jakob Bodmer等，均蒙影响，相率而起，力斥理智主义，以情思为文学根本，势力日盛。Friederich Gottlieb Klopstock（1724—1863）作《救主》（*Der Messias*），虽在今视之，已为陈言，然脱离旧典，依个人情思，发为文学，实自此始。普鲁士时以Frederick之功烈，勃然兴起，日耳曼民族亦自觉，发独立自尊之念，于条顿文化特致爱重。故思潮之来源，多在英国，与法渐远。Christoph Martin Wieland（1733—1813）则自幼受 Platôn 哲学之化，中年著作，多归依希腊，或取诸东方，以寄其尚美之教。所作小说 *Agathon* 及 *Musarion* 一诗皆是。*Musarion* 曰，唯美可为爱之对象。伟大艺术，唯在能分析之，使与物离耳。即 Wieland 之主旨也。七十年后，有 Johannn H. Voss 与 Christian H. Boie 等，结林社（Der Hainbund）共论文艺，以 Wieland 崇尚外国思想，颇反对之。此派之诗，以 Klopstock 为宗，多爱乡怀古之思。Voss 作田园诗，力主单纯，写乡村生活。Gottfried August Bürger 则为民谣大家，其 *Lenore* 一篇，影响深广，盖不亚于 Goethe 之 *Werther* 也。Ossian 与 Percy Ballads 传译入德国，众始知天籁之美，非人工所能及。其言质实，其情挚诚，多涉超自然之事物，富于神秘思想。皆足感发人心，与 Klopstock 派之个性主义相合，造成新流。是可谓之 Sturm und Drang 之一支，而见于诗歌者也。

Sturm und Drang 之运动，始于 Herder，而先之以 Winckelmann 与 Lessing。二人所事虽不同，皆以希腊为艺术模范则无异。Johann Joachim Winckelmann（1717—1768）著《古代美术史》，盛称希腊雕像之美。Laokoon 父子，为巨蛇所缠，而雕像殊镇靖，乃不类 Virgilius 所言。Winckelmann 谓其表示 Noble Simplicity 与 Quiet Grandeur 之精神，为希腊雕刻所同具。

Gotthold Ephraim Lessing（1729—1781）作 *Laokoon* 一文辩之，以为绘画雕刻，但表物体，诗表行事，不能相通。唯 Lessing 于艺事初未深造，故所论不能甚密。生平事业，专在戏剧。其说见 *Hamburg Drmaturgie* 中，推重希腊古剧，以 Sophokles 为典型。英国文艺复兴时戏曲，去古未远，亦可师法，不当以模拟法国十七世纪著作为事。按其主张，盖纯粹之古典主义也。所作剧 *Miss Sara Sampson* 仿英国 Lillo 作，写日常人生之事，自称 Bürgerische Trauerspiel。次为 *Emilia Galloti*，为完美之家庭悲剧。杰作则为 *Nathan der Weise*，取材于 *Decamerone*，以三指环立喻，说信仰自由。意谓诸宗之教，各具至理，别无短长。唯比量善果，乃有次第可见，而其时又须在千万年后。其宏博之见，与当世哲人鄙弃宗教，因以放任为信仰自由者，迥不同矣。

Johann Gottfried Herder（1744—1803）盖批评家而非文人，故别无创作。幼读 Rousseau 书，又受博言学者 *Hamann* 教，以为研究人类历史，当自元始状态始。故其论诗，亦以古代或原人之作为主。其说曰，诗者人类之母语。古者治圃之起，先于田功，绘画先于文字，故歌谣亦先于叙述。各国最古之作者，皆歌人也。且其诗歌，各具特色，不可模拟。盖缘言为心声，时代境地，既不相同，思想感情，自各殊异。古歌虽美，非今人所能作，但当挹其精英，自抒情思，作今代之诗，斯为善耳。*Ossian* 诗出，Herder 著论称赏，谓可比 *Homêros*。且曰，凡民族愈质野，则其歌亦愈自由，多生气，出于自然。*Homêros* 与 *Ossian* 皆即兴成就，故为佳妙。歌人作而诗转衰，及人工起而天趣遂灭矣。Herder 本此意，为诗选六卷，曰《民声》（*Stimmen der Volker in Liedern*），分极北希罗拉丁族北欧日耳曼诸篇，以示诗歌标准。所尊重者为自然之声，感情锐敏，强烈而真挚者也。千七百七十年，Herder 就医 Strassburg，乃遇 Goethe。其后新潮郁起，Goethe 为之主，而动机即在此与 Herder 相识时也。

Sturm und Drang 者，本 Maximilian Kliager 所造，以名其曲，人因取以号当时之思潮。其精神在反抗习俗，以自由天才精力自然四者相号召，重天才，故废弃法则。崇自然，故反对一切人为之文化。于社会制度，多所攻难，或别据感情判断，以定从违。以情感本能，为人性最高之元素。凡刚烈之士，与社会争，或结世网者，为人生悲剧之英雄，皆所乐道。至于文体，则忌驯而尚健，尽所欲言，不受拘束。或以一言概之，谓即以本然（Urnatur）抗不自然（Unnatur）是也。Johann Wolfgang Goethe（1749—1832）少学律，初仿 Klopstock 为诗，及与 Herder 相见，又受 Rousseau 之化，思想遂一变。复识 Friedericke Brion，多作抒情之歌，意简而情真。终复诀去，心怀楚悲，于后此思想，影响至大。七十三年作历史剧 *Goetz von Berlichingen*，述十六世纪勇士 Gottfried mit der eisernen Hand 事，为当时代表著作。次年 *Die Leiden der jungen Werthers* 出，声名遂遍欧洲，与 *Pamela* 及 *Nouvelle Heloise* 同称言情小说之祖。唯写青年之哀愁，足以见时代精神者，则 Goethe 所独具也。已而复爱 Lili Schônemann，然又重其自由，遂去故乡，客 Weimar 侯之廷，一时著作中绝。居十年，忽去而之意大利，漫游二载，思想渐变为纯粹之古典主义。所作曲皆以希腊为式。无复往时不驯之气，Sturm 运动亦渐衰。Friedrich Schiller（1759—1805）早岁受思潮影响，作《盗》（*Die Rauber*），《诈与爱》（*Kabale und Liebe*）诸剧，多反抗之音。后见希腊文艺而大悦，又从康德治美学，以美感为人生向上之机。遇 Goethe 于 Weimar，遂相友善，称古典文学双璧焉。Schiller 所作皆戏剧，以 *Wilhelm Tell* 及 *Die jungfrau von Orleans* 为尤最。Goethe 著小说 *Wilhelm Meisters Lehrjahre* 前后二卷，初言剧场内情，终乃推及十八世纪社会。Wilhelm 游行贵族平民间，从经历中得处世之术，所谓如扫罗然，寻驴而得国也。又仿古代田园诗作 *Hermann und Dorothea*，止写类型，不重个性，为古典派名著。*Faust* 二卷，则成于十九世纪初，为 Goethe 毕生大著，诗才哲理，皆可于此见之。

Goethe 作 *Werther*，盖受 Heloise 影响，二者并用尺牍体，言爱恋赞自然亦相似，又俱与著者身世相关。唯 Rousseau 虽缘 Mme d'Houdetot 之爱，转以写 Julie，而全书主旨，乃在述理想家庭，播布己见。Goethe 则初无寄托，仅直抒所怀愁绪，殆类自序，故深切颇过之。Goethe 既别 Friederike，复悦 Charlotte Buff，而女已字人，因设 Werther 自况，爱 Lotte 不见答，作为遗友朋，以寄其哀怨。唯 Goethe 终复亡去，得自救免，而 Werther 乃断望自杀。是时有少年 Jerusalem 死事与此正同，Goethe 盖于 *werther* 自述心曲，而假 Jerusalem 为结束也。凡青年期之悲哀，人所同历，*Werther* 实为之代表，故其书虽故，而与人性常新。十八世纪末，思潮转变，集为新流，Goethe 此书亦首出。其时人心动摇，郁抑倦怠，不满于现世，彷徨而不得安。Tacitus 所谓人生之倦（Tedium Vitae），十二世纪之沮丧（Athymia），十八世纪之时代病（Mal de Siècle）皆是也。Werther 之悲哀，亦即此时代精神之一面，而 Faust 之不满，则又其一也。

Faust 第一卷成于千八百八年，又二十四年，次卷始出。Doktor Faust 者，德国中世传说之英雄，以求无上智慧故，鬻其魂于妖鬼 Mephistopheles，其说流布民间，或演之为傀儡剧。Goethe 少时日记云，*Faust* 剧时系吾心，吾亦尝求种种智，而知其虚空。又阅历人事，益复不满。盖蓄意作此已久，初稿一卷，今通称 Urfaust 以别之。其书言 Faust 百不满意，因弃正道，别求神通于天魔。又爱 Gretchen，而终诱之以入于灭亡，盖纯为 Werther 时代之英雄。全书以 Gretchen悲剧为主体，当时新派诗人 Heinrich Leopold Wagner 作《杀子之妇》（*Die Kindesmörderin*），亦取此意，为家庭悲剧。唯其稿初未印行，越三十年，始刊第一卷。虽以旧作为本，而大有增改，精神绝异。前此之 Faust，为激烈少年，后之 Faust，则深思力行之哲人。其与鬼约，非仅以求偷乐，得神智，且实与之角。苟能使自厌足，止其上遂之志者，以魂魄归之，犹约百之往事而反之者也。卷中亦言 Gretchen 事，唯先之以丹室之场，饮丹药以驻颜，为初稿所无。又与 Mephistopheles 誓约之言，亦 Goethe 中年作，其意至第二卷始显。Faust 以魔力事国君，化纸为泉货，召 Helenê 之影于泉下，以娱君心，大得宠任。其后分封海隅，乃尽力民事，精进不懈。比及百岁，遂付魂魄

于天魔。虽终未满志，亦不悔其虚生。临绝对云，人唯日日为生命自由而斗者，乃克享其生命与自由。天使歌云，凡奋斗不息者，吾侪能救之。故魄归天魔，而魂终不可得，此 *Faust* 一篇之乐天人生观也。Goethe 早年著作，以个性主义为根柢，渐乃转变，染十八世纪利他主义之思想，至晚年益深。以为人生目的，应求个性之发展，唯当以利群为依归，奋斗向上，各尽其力而止。如 Faust，智识幸福，以至真美，皆不能厌足其心，唯置身世间，自为众人中之一人，勉力进行，乃能于不满足中，得人生究竟。此诗解释纷纭，迄今未能悉详，言其大意，或当如是而已。

第六章　十八世纪北欧之文学

二一　丹麦与瑞典　北欧文学自*Edda*发见后，阅时五百馀年，传说（Saga）以外，无名世之作。至Ludvig Holberg（1684—1754）出，立丹麦近代文学之始基，所作喜剧，今犹传诵之。Holberg本诺威人，时诺威与丹麦合国，又别无文字，文人皆用丹麦语著作，故后世亦称之为丹麦诗人也。Johannes Evald（1743—1780）取材古代神话，作为诗歌，为传奇派之先驱。又作*Rolfkrage*，称丹麦最先之悲剧。Jens Baggesen（1764—1826）著作甚富，有声于时。唯别无覃思宏义，不能代表时代之精神，故Oehlenschlaeger兴起，其势力亦就衰矣。

瑞典文学之兴，在宗教改革以后。Georg Stjernhjelm（1598—1672）多作诗曲，自具特色，为十七世纪最大诗人。唯当时文学趋势，渐倾向法国，Boileau之势大张。Gustavus三世，提倡甚力，文人辈出，盛极一时，如 Kellgren 及 Oxenstjerna，皆是也。Johan Gabriel Oxenstjerna（1750—1818）为诗虽守旧型，思想已渐趋于变。描写山林物色与民间生活，有 Cowper 流风。德国传奇思想，亦渐流入。Karl Mikael Bellman（1740—1795）作诗感怀古昔，多爱国之音，甚为国人所好。启明星派与峨斯会遂相继而起，而传奇派文学，亦造端于此矣。

二二　俄国　俄国在十八世纪前，舍民谣（Bylini）外，几无所谓文学。其初为蒙古所侵，继复苦于苛政，故民气消索，无欢愉之音。又其宗教最足为文化阻梗，盖俄国奉希腊宗，自称正教，与欧洲诸邦不相系属。政教当局，热中卫道，欲以墨斯科为圣教中枢，自命为第二东罗马。拒西欧旁门教化，唯恐不严。收束民心，俾定于一，以旧本圣书为人天根本指要。有研究学问者，即是我慢。诗歌多含异教思想，为罪恶种子，故虽民间讴歌，亦在禁列。其严厉之教，殆较欧洲中世，为尤甚焉。及文艺复兴，各国悉受感化，并自振起，俄国则略无影响。间有一二先觉，亦悉被教会诛夷。直至十八世纪，彼得一世改革国政，西欧文化，始渐渐流入。又以古文不适于用，改作字母，除教仪外悉用之。由是文学稍兴，至十九世纪乃极盛也。

十八世纪上半有 Lomonosov，由政府派遣学于德国，乃仿 Gottsched 派为诗。Sumarokov 则多作戏曲，称俄国之 Racine。加德林二世，初受法国思想感化，提倡文艺学术。自作喜剧数种，并编月刊以论文学。一时诗人辈出，Derzhavin（1743—1816）用浅近语，写优美之情景，为后世所重。Fonvizin（1745—1792）以日常生活作喜剧，俄国戏曲，至是乃始完成。且多写实之风，亦实开 Puschkin 之先路者也。Karamzin（1766—1826）为俄国第一史家。尝仿《哲人尺牍》，作书一卷，述欧洲自由思想。又作小说，虽颇染当时感情主义（Sentimentalism），而感化之力至大。其一曰 Liza，言农女爱一贵家子，终为所弃，赴池而死。一时人心大震，至有自墨斯科驰赴其地，求所言池，凭吊 Liza 者。俄国农奴制度，久致识者不满，Radischtchev 仿 Sternc 作《墨斯科纪行》，力暴其恶，至以是得祸。Karamzin 所著书，于此亦多寓微旨。至十九世纪中，Turgenjev 之《猎人随笔》出，而国人之同情，益以感发，奴制乃终废也。

第七章　结论

二三　古典主义时代之概观　以上所说为十七十八世纪欧洲文学大纲，与文艺复兴期合称古典主义之文学。虽历年五百，分国五六，然有共通之现象，一以贯之，即以古典为依归是也。至其精神，则似同而实异。当中古时，教会历行出世之教，欲人民弃现世而从之，求得天国之福。然人性二元，不能偏重，穷则终归于变。武士文学，一转而为 Trobador 之抒情诗。浪游之歌，起于教士，而异教思想，自然流露。及东罗马亡，古学流入西欧，感撄人心，起大变动，遂见文艺复兴之盛。盖希腊之现世思想，与当时人心，甚相契合，故争赴之，若水就下。艺文著作，虽非模拟唯肖，而尚美主情之精神略同。迨至末流，情思衰歇，十七世纪时，遂有理智主义者起以救其敝。虽亦取法古代文学，而所重在形式，此十七八世纪之趋势，与文艺复兴期之所以异。本源出于一，而流别乃实相抗矣。盖希腊文化，以中和（Sophrosyne）称。尚美而不违道德，主情而不失理智，重思索而不害实行。古典主义即从此出，而复有异者，各见其一端故也。

文艺复兴期，以古典文学为师法，而重在情思，故又可称之曰第一传奇主义（Romanticism）时代。十七十八世纪，偏主理性，则为第一古典主义（Classicism）时代。及反动起，十九世纪初，乃有传奇主义之复兴。不数十年，情思亦复衰歇，继起者曰写实主义（Realism）。重在客观，以科学之法治艺文，尚理性而黜情思，是亦可谓之古典主义之复兴也。惟是二者，互相推移，以成就十九世纪之文学。及于近世，乃协合而为一，即新传奇主义是也。

图书在版编目(CIP)数据

欧洲文学史/周作人著作;锺叔河编订. —长沙:岳麓书社,2019.1
(2022.7重印)

ISBN 978-7-5538-0892-5

Ⅰ.①欧…　Ⅱ.①周…②锺…　Ⅲ.①欧洲文学—文学史
Ⅳ.①I500.9

中国版本图书馆CIP数据核字(2018)第035471号

OUZHOU WENXUESHI

欧洲文学史

周作人著作　锺叔河编订

特约编辑:鄢　琨

责任编辑:蒋　浩

责任校对:舒　舍

书籍设计:风格八号

岳麓书社出版发行

地址:湖南省长沙市爱民路47号

直销电话:0731-88804152　0731-88885616

邮编:410006

版次:2019年1月第1版

印次:2022年7月第3次印刷

开本:787mm×1092mm　1/32

印张:7.125

字数:115千字

印数:7 001—9 000

书号:ISBN 978-7-5538-0892-5

定价:24.00元

承印:长沙鸿发印务实业有限公司

如有印装质量问题,请与本社印务部联系

电话:0731-88884129